My steps to you, coming from afar
我从遥远的地方来看你

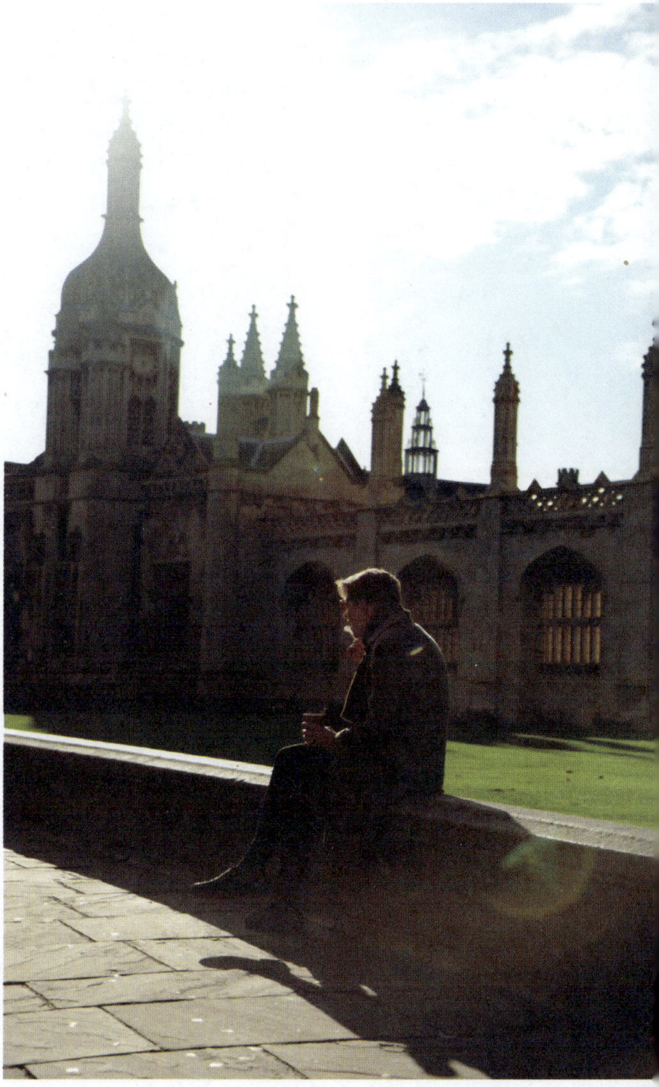

MY STEPS
TO YOU,
COMING FROM
AFAR

我从遥远的
地方来看你

◎ 风同学 著

TopBook
饕书客

陕西出版传媒集团
陕西人民出版社

CONTENTS
目录

PART ONE　　远去的童年

序　　言　　我从遥远的地方来看你 ...009
CHAPTER 1　　三月照相馆 ...012

PART TWO　　路上的风景

CHAPTER 2　　斯里兰卡
　　　　　　　康提·诗意的栖居 ...018
　　　　　　　加勒·印度洋的暖风 ...032

CHAPTER 3　　日本
　　　　　　　日本·一生只做一件事 ...042
　　　　　　　岐阜·烛光里的微笑 ...053
　　　　　　　白川·乡村物语 ...063

CHAPTER 4　　泰国
　　　　　　　大城·蓝莲花为我盛开 ...068

CHAPTER 5　　土耳其
　　　　　　　以弗所·花儿与少年 ...084
　　　　　　　番红花城·眼下的幸福 ...098

CHAPTER 6　　伊朗
　　　　　　　伊斯法罕·遗失的美好 ...108

CHAPTER 7　　北欧
　　　　　　　挪威·卑尔根·幸福，可以如此简单 ...118
　　　　　　　丹麦·哥本哈根·不甘寂寞的灯光 ...127

CHAPTER 8	英国
	伦敦·日常爱情故事 ...134
	牛津·一个人的冒险 ...143

CHAPTER 9	法国
	普罗旺斯·星空下，阳光里 ...152
	安纳锡·走进一场老电影 ...168
	卢瓦尔河·黄昏放歌 ...174

CHAPTER 10	意大利
	托斯卡纳·艳阳下 ...178
	威尼斯·你在桥上看风景 ...192
	西西里·回不去的天堂电影院 ...200

CHAPTER 11	西班牙
	安达卢西亚·肆无忌惮的美丽 ...210
	萨拉曼卡·我的导游也叫萨尔瓦多 ...222

CHAPTER 12	加拿大
	卡尔加里·美丽的草原我的家 ...232
	托菲诺和爱德华王子岛·大海边的家 ...243

PART THREE	记忆像铁轨一样长

CHAPTER 13	那些沉默的墓地 ...256

CHAPTER 14	旅途中的火车 ...268

PART ONE

远去的童年

CHILDHOOD AWAY

序　　言	我从遥远的地方来看你	009
CHAPTER 1	三月照相馆	012

作者介绍

风同学，本名范毅仁，职业旅行家、人文旅行作家，清华美院酒店艺术课程客座讲师。喜欢一个人旅行，35岁退休，足迹遍及5大洲50多个国家。2005年在新浪开博，力图透过世界各地的美景与旅行感悟，展现生命的宽度与厚度，点击率近7000万，是当前国内最具影响力的旅行博客之一。

新浪微博：@风同学
新浪博客：http://blog.sina.com.cn/gavinfan

FOREWORD
MY STEPS TO YOU, COMING FROM AFAR

我从遥远的地方来看你

　　童年的小镇，有一座旧水塔，那时候镇子里最高的楼不过两层，它是最高的建筑。那座旧水塔，也许已经荒废，风雨冲刷，有着沧桑斑驳的表面。从教室的窗台望出去，它静默不语却特立独行，以一种俯视一切的姿态高高在上。小时候的日子总是无比漫长，太阳仿佛永远也不会落山，我常常在上课的时候，望着那座水塔出神——爬上去，是不是就可以看到更高更远的世界。

　　后来，我离开小镇去了省城，又去了北京。每次回来的时候，镇子的变化总是让我心里发慌，而每次看到那个古老的水塔，心，一下子就平静下来。

　　再后来，我生于斯长于斯的小镇晋祠，为申请世界文化遗产，将古迹旁的小镇，彻底铲平了。那些古老的房子，那不长的几条小街，记载着多少人的悲欢离合，爱恨情仇，一夜之间，它就从地球上消失了。

巨变后的那一年，我回到小镇，那些喧嚣，那些狭窄的小巷，那些简陋的路边摊，那些肮脏的野狗，那座露天电影院，全部消失了。小镇的原址，铺上了萋萋青草，秋天的风吹来，青草在风中瑟瑟，充满悲凉。拆掉的院子像匆忙谢幕，仿佛演出很糟糕似的。好像一段旅程的结束，列车开走了，只有行囊上的灰尘提醒你，曾经走过的这一程。

我几乎绝望的时候，又看见了那座水塔。时光荏苒，一切都变了，只有它依然矗立在那里，就像在等待我这个远方的游子。孤独而年迈的水塔，它静默地伫立在那里，四周都是新簇簇的房子，却没有谁比它更加卓尔不群。它沉默着，充满着时光的意味。我和水塔，在秋天的风中，站立了好久，我轻轻地诉说着那些童年的往事，相信它一定能够听懂。

人，都是怀旧的，有人说我总在路上，不像是恋家的巨蟹座。其实，当童年的街巷已经像罗大佑《鹿港小镇》唱的那样，没有了儿时的模样，我又何尝不是在旅行中寻找远去的家园，这又何尝不是一种对家的眷恋。

希腊电影之父西奥·安哲罗普洛斯在《尤利西斯的凝视》中说道："上帝创造的第一件事就是旅行，之后是疑虑和乡愁。"

我们有许多古老的城镇与村落，闪烁着传统文化的智慧光芒，随着城市化进程的加快，这些具有民族特色的家园，正处于损毁、灭绝的边缘。然而，当我走遍这个世界却发现，无论是发达如欧美，还是贫穷如越南柬埔寨，他们对传统的保护都不遗余力。旅行中找寻的不只是远去的家园，还是一种情感，一种对传统的思念，一种对文明的回望，一种对中国现状的无奈与叹息。

世界是一本书，如果不去旅行，那么你只读了一页。人，总是在陌生的地方，孤独的时候，才会与自己对话，在路上，感知都是放大的，你会遇到更好的自己。壮观的景色会开阔胸襟，美丽的景色会陶冶情操，那些体验到的幸福、悲伤、快乐、哀愁，都是一个精神家园的塑造过程。世界这本书翻到后来，我渐渐摒弃了"小我"。在路上遇到的人，他们的情感故事，他们对故乡的眷恋，他们曾经的教训与伤痛，他们的传统与文明，让我渐渐睁大了眼睛。世界再大，人类的情感总是相通的，我觉得旅行最大的妙处就在于无论走到哪里，心都在某处；而无论你有没有真正走出去，世界都在你心里。

我家在哪里？我看见了那一束微光，尽管它略带悲观的咏叹，但我相信它终将走向透彻与澄明。让我们走得慢一点，让灵魂等一等，让幸福追上来，家，就在那里。

我从遥远的地方来看你，要说许多的故事给你听……

CHAPTER 1
PHOTO STUDIO IN MARCH

三月照相馆

  三月的北京，闲在家中，灿烂的阳光透过白色的百叶窗，一条条的光影打在地板上，突然，想起了我们家的照相馆。

  "风吹过照相馆的橱窗，窗外溜走的时光，当我路过这个地方，就像回到昨天一样。"《八月照相馆》是一首歌，也是一部韩国电影。

  没有美国电影的视觉，没有欧洲电影的艺术，韩国的文艺电影，总是安稳平静的镜头，温暖流畅的画面，浓浓的生活气息弥漫在空气里。看这样的电影，不需要任何思考，它只是记叙平淡的似水流年，珍爱时光的人，自然会感动。

  男主人公，开着一家照相馆，他得了绝症，却总是笑。和哥们儿喝酒嬉笑，和姐姐一起吃西瓜，雷雨夜静静地躺在老父亲的身边……有人给他照一张相片，照片定格，颜色渐渐泛黄，他的生命已然逝去。

  是的，照相馆，记录时光的地方。我看这部电影，比别人的感受更加深刻，原因很简单，因为我们家，曾经开过照相馆。

  妈妈喜欢摄影，后来逐渐将兴趣发展成职业。我们家的第一部照相机是一部海鸥120，现在想来，它是如此古旧而有趣。当时妈妈视若至宝，我们只有趁她不注意时，才有机会一展身手。

那时候我和弟弟正上小学，流行的电视剧是《射雕英雄传》。我花五毛钱，买了一把欧阳克的白扇子，把化肥袋子撕成条绑在木棍上做成拂尘。我和弟弟以这身装扮摆出各种造型拍照，或站在瓦房的斜屋顶上豪气干云，或在一棵柳树下煞有介事地打坐。照完一卷后，在我们家的小暗房里，兑好显影液和定影液，暗红色的灯光下，英雄形象渐渐显现出来，有一种莫名的兴奋与满足。

说来很惨，这个小暗房，就是我和弟弟的卧室，由于同时兼任感光材料贮藏室的重任，门、窗等所有透光的地方全部被无情地蒙上了黑布。晚上睡觉，真的是漆黑一片，最佳地诠释了何为伸手不见五指。更要命的是，感光材料那种特有的胶片气味，在黑暗的房间里肆虐游走，直到现在，我只要闻到胶片的气息，那间小小的黑屋子，总会昨日重现。

那时，我和弟弟身肩重任，常常去风景区扫荡。别人照相时丢弃的胶卷盒与暗盒，都是我们的宝物。我们家买来长长的柯达或富士胶片，是那种银色金属的圆盒包装，在小黑屋里，一家人齐上阵，将长长的胶片切割，缠成一个个胶卷。这时候，我和弟弟捡来的宝物就派上用场了。那些简装的胶卷，经过巧妙梳妆，就成了柯达或富士的精装胶卷，价格自然也更加漂亮。小资产者的灰色收入，小店主的小狡猾小心思，普天下都一样吧。

在那间小黑屋里进行这项缠胶卷的工作时那惨无人道的场景，至今依然历历在目，当时的痛苦经历，现在想来，是如此独树一帜，情趣盎然。

妈妈在这一天，总是很深沉、沉默，我们俩明白，这天要是造反，绝对没好果子吃。这一天，不许看电视，不能听广播，家里任何一个房间，都不能开灯。那时的家属大院，治安绝佳，我们却将房门紧锁，以防不速之客突然光临。

我和弟弟无限不舍地关上了电视，无比眷恋地看一眼人间的灯火，毅然决然地走进了小黑屋。妈妈下令，缠卷时，一定要专心致志，不许说话，这样才能最大限度地保证裁卷的精度。

一片漆黑，只有呼吸的声音，我边干活，边天马行空地想象着，呼吸也是有节拍的，有四二拍的，也有华尔兹一样的四三拍。我们俩对这种无边的黑暗有一种本能的抗拒，或是假装咳嗽，或是没来由地傻笑，或是哼唱两声。妈妈对我俩的小伎俩已经见怪不怪了，想到黑暗中，看不到她狠厉的眼神，也是一个莫大的安慰。

妈妈狠厉的眼神，是因为生活的压力，当我明白这一点时，她的眼神已经没有狠厉的能力了。

照相馆不大，妈妈却总是精益求精，橱窗上的相片，总是一换再换。那些橱窗，也记录着一些人的光影流年。

豆蔻年华的少女，淡红的脸庞不胜娇羞；考上了大学，意气风发；有了男朋友，含情脉脉；白色的婚纱照，最美丽的一天；抱着孩子，身材发福了，脸上长了斑，却洋溢着幸福的母性光辉。

有时候，我喜欢待在照相馆，看光影游戏，看人情冷暖。雪后的，夏天的，黄昏的……每一刻，都如此不同。

人总是这样，太靠近一样事物，就总是想着远离它。那时，我对于摄影，充满厌烦。再加上妈妈时时刻刻的谆谆"教诲"：看电视时，突然说，这个光打得不科学；走在路上，说眼前的树都是逆光；看杂志时，说图片的布局不完美……

直到有一天，在远行的路上，突然看到一片光影，那样陌生，又那样熟稔。那么多的回忆，如蒙太奇般在脑海中回放。那一刻，终于知道，那些逝去的时光，都是有印迹的，都是有记忆的。

小小的照相馆，愈来愈破旧，就如同一张黑白相片，无可挽回地泛黄。而数码相机时代的来临，更是直接宣告了它的没落。没人理解妈妈的坚持与失落，除了她自己。

那年春节回家过年，妈妈平静地对我说，照相馆，终于关张了。她平静地笑着，而我的内心，却翻江倒海……

我们家的照相馆，叫作"美斯佳"，听起来很像一个艳舞女郎，妈妈说："'斯'代表女人，'佳'代表孩子，抓拍住女人和孩子的美，也就抓住了生意。"

现在，我想对妈妈说："美斯佳其实还在，美景依旧，逝者如斯，佳期如梦。"

PART TWO

路上的风景

THE INTERLUDE LANDSCAPE

CHAPTER 2	斯里兰卡	018
CHAPTER 3	日　本	042
CHAPTER 4	泰　国	068
CHAPTER 5	土耳其	084
CHAPTER 6	伊　朗	108
CHAPTER 7	北　欧	118
CHAPTER 8	英　国	134
CHAPTER 9	法　国	152
CHAPTER 10	意大利	178
CHAPTER 11	西班牙	210
CHAPTER 12	加拿大	232

CHAPTER 2
SRI LANKA

斯里兰卡

康提·诗意的栖居

人，走得太久，就忘了初心，忘记了当初为什么要出发。我们的城市也一样，发展得太快，石屎森林替代了古老的建筑，金钱战胜了古老的浪漫，这样的城市，并没有让生活更美好。

诗人荷尔德林说："人，应该诗意地栖居在大地上。"出其不意，在斯里兰卡的佛牙圣城康提，我感受到了这种诗意。

○ 佛牙寺，莲花处处开

康提建于公元 14 世纪，位于斯里兰卡岛屿的中部山区，被生长着稀有植物的群山环抱，气候非常宜人。康提虽然不是斯里兰卡的首都，却是这个国家最大气最整洁的一个城市。康提古城，以佛教圣地闻名于世，是辛哈拉国王统治时期的最后一个首都，在 1815 年被英国人征服之前，曾享有 2500 多年的文化繁荣。古城四边是青翠的山冈，彩色的房子沿着山坡攀援而上，城市的中心有一片宁静的湖水，

有信仰，
才会有这样平和的眼神。

他的眼神,

也是一片净土。

四周绿树环绕，而佛牙寺，就在康提湖边一隅。

佛牙寺是佛教徒的朝圣之地，因供奉佛祖释迦牟尼的佛牙而闻名。在二层的内殿左侧有一个暗室，暗室里有一座七层金塔，塔里有一朵金莲花，花心中有一玉环，长约5厘米的佛牙就安放在这玉环的中间。佛牙是佛教的圣物，亦是斯里兰卡的国宝。佛牙寺始建于15世纪，后经历代国王不断修缮扩建，整个建筑规模宏伟，正因如此，整个康提古城，都被列入联合国世界文化遗产名录。

进入佛牙寺，必须脱鞋，服装也必须端庄。寺庙门口的小贩一看我穿着短裤走过来，就眯着眼笑了，举着手中的纱笼让我挑。（纱笼，一种服装，类似筒裙，是一块长方形的布，一般系于腰间。）我于是光着脚，穿着一件绿色的纱笼，进入佛牙寺。正是中午，那石板简直就是热锅，我基本上就是一只蹦蹦跶跶的蚂蚁，太烫了！可是当地人，即使是小孩子，也是相当从容。六根未净如我，总是容易烦躁。

整个寺庙的光线都是昏暗的，只有在通往内殿的台阶儿上，一束天光透过屋顶，将光影打在上面。每一个佛教徒手里面都捧着斯里兰卡的国花睡莲，虔诚地向着内殿拾阶而上。那些人流，就好像一条沉默涌动的河流，而每个人，都会在经过那束光的时候，显露出无法言说的圣洁。那束光，照在他们的纱笼上，照在他们手捧的莲花上，照在他们微笑的脸上，如此神秘庄严。我内心的感动，也像莲花一般，层层开放。虽然我不是佛教徒，但是那一刻，我的内心分明感受到了宁静、感动、与震撼。

022

023

○ 采茶，最诗意的劳作

"三月鹧鸪满山游，四月江水到处流，采茶姑娘茶山走，茶歌飞上白云头。"

说到采茶，中国自然也有久远的历史，关于采茶的歌赋，也有很多，例如这首刘三姐的采茶歌。很小的时候便听过。但是由于生长在北方，在中国见过的茶园不是很多，记得十多年前去杭州，见过一些茶园，但是由于面积不大，印象也不太深刻。因此，在康提附近的Nuwara Eliya，那样层层叠叠的、曲曲折折的、漫山遍野的茶园，于我真的是一片崭新的世界。

斯里兰卡，原名锡兰，当地人不但一日三餐，还有下午茶的闲暇时候，都会泡上一杯浓厚的红茶，加上厚厚的奶、浓浓的糖，翘起围着传统斯里兰卡长裙的脚饮茶，甚是写意。而说到锡兰红茶，那也是大名鼎鼎，是世界红茶市场中的佼佼者，与印度大吉岭红茶、阿萨姆红茶、中国祁门红茶并称为世界四大红茶。

斯里兰卡不大的岛，中部却有着突起的山峦，这里的海拔与日照，赋予了茶叶生长的最佳条件，其中最有名的产茶地，便是Nuwara Eliya。小镇处于山谷中，群山环绕，植物丰富，环境优雅，英国殖民时期，很多英国人聚居于此，小镇因此有很多英国风格的建筑，有"小英格兰"之称。

这座小镇，亦是斯里兰卡茶叶的最早种植地，1860年以前斯里兰卡岛上最主要的作物是咖啡，虽然有一些农庄与植物园试种一些茶叶，不过产量都不大，经过不断的试验与吸取北印度种茶的经验，19世纪末茶叶已经成为斯里兰卡的主要经济作物了。

Nuwara Eliya最美丽的景致，就是这漫山遍野的茶园，以及

025

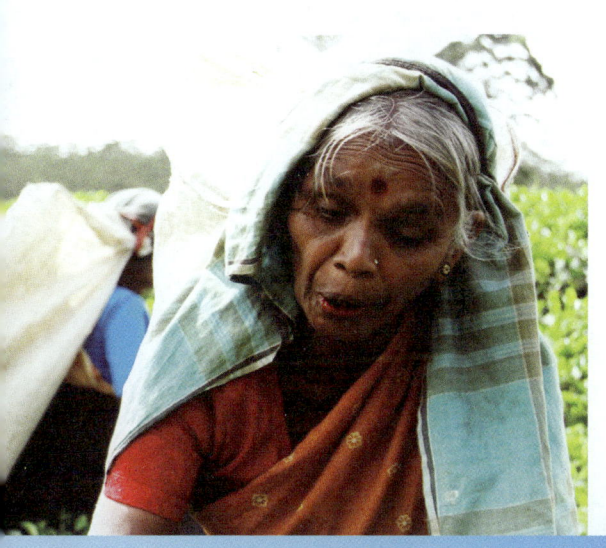

茶园里辛勤劳作的采茶女。由于历史的原因，采茶的工作，全部都是由妇女来完成的。而在 Nuwara Eliya，人们普遍信仰印度教，所以，采茶的妇女们，皆身穿五颜六色、绚丽多姿的印度纱丽。山风吹来的时候，一望无际的茶园如绿色的大海，那些茶树在风中摇摆，仿佛绿色的海浪。在海浪的起伏间，万绿丛中几点红。她们的头上，亦披着五彩的头巾，而采茶的袋子，有长长的绳子，这些绳子就勒在头巾上。她们皆光着脚，黝黑的皮肤，点着红色的吉祥痣，人人都染着深红色的指甲，指甲缝里满是泥土，可是阳光下，她们爽朗地笑着，露出洁白闪光的牙齿。

当然，采茶女们的工作，是非常辛苦的。采茶的方法通常有三种：机采、割采与手采。这里通常都采用手掐采。熟练的采茶女，更可以用双手采的方法来提高效率。看似简单的采茶，其实也有许多讲究：首先，采摘时要使芽叶完整，在手中不可紧捏，放置茶篮中不可紧压，以免芽叶破碎、叶温增高；其次，采下的鲜叶要放置在阴凉处，并及时运往茶厂，每天中午、傍晚各收送一次；然后，运青的容器应干净、透气、无异味；最后，运送鲜叶过程中，堆放时不可重压。

诗意，有时候蕴含着辛勤与劳作，但是这样的诗意是丰富的、立体的。我从采茶女的笑颜中，看到了这样的诗意；从明媚的阳光中，领略到了这样的诗意。

○ 通往天堂的列车

如果你爱他，就把他送上通向斯里兰卡的火车，因为这里是天堂。
如果你恨他，就把他送上通向斯里兰卡的火车，因为这里是地狱。
天堂与地狱，有时只是一步之差，他之甘露，你之砒霜。

从康提到山中的小城 ELLA，需要乘火车。12月，应该是这个国家气温最低的时候了，但是由于地理位置的原因，这里依然非常炎热。我对斯里兰卡的火车略有耳闻，因此特意提前订了二等座车票，并且很早就赶到火车站。当我远远地看到黑压压的人群时，有一种不祥的预感袭上心头，只好不停地安慰自己：他们应该是三等车厢的吧，二等车厢应该会比较空吧。站台上，满是穿着艳丽纱笼的孩子们，他们欢呼着、雀跃着，看得出来，很多孩子是第一次坐火车。尽管是早晨，但是空气中依然满是燥热。对于我"有没有座位号"的疑问，火车站人员不耐烦地回答道："上车就是了！"

一列窄窄的火车远远地驶了过来，绿色的车头，暗红色的铁皮车厢。人群马上骚动起来，我很快从占据的有利地形被挤到"十里开外"，拎着沉重的箱子，背着鼓鼓的摄影包，裹挟在各种颜色的纱笼中，那一刻，觉得自己就是汪洋中的一条船。人们推搡着，我被一股大力推上了火车。

车上，已经没了座位，很多孩子坐在那里，瞪着无辜而美丽的大眼睛。他们的父母或是爷爷奶奶，各种忙碌，各种张罗，似乎要开辟出一个临时基地，毯子、衣物、水果、饮料……顷刻间占满了所有的空间。要命的是，人还在不停地往上涌，我几乎连站立的空间也没有了。看见列车员一闪而过，我用尽全身力气喊道："请问哪里是二等车厢？"列车员一张乌黑的脸，平静地对我说："这里就是！"

我腿一软，瘫坐在行李箱上，怎么办？怎么办？？七个小时，整整七个小时啊！！

古老的电风扇锈迹斑斑，咿咿呀呀地吹着，完全没有风，它唯一的作用，就是将四周零距离的人们身上的味道吹了过来。火车，晃晃悠悠地开动了，更要命的事儿接着来了。几乎在同一时间，人们打开包裹，开始吃起自带的咖喱饭，于是满车厢都是这样刺鼻的气味。当地的风俗，是用手直接抓着吃的，吃完饭，他们很习惯地用自带的清水涮涮手，然后，竟然很潇洒地甩起手来。我的T恤上，很快就增添了几道彩色的水印儿。好吧，让我从这水印儿来辨认一下，我左手边的这一家，吃的是黄咖喱；右手边的这对老夫妻，吃的是绿咖喱；斜对面的那一家，我仔细闻了闻T恤，嗯，应该是炖鸡块儿的味道。漫长的七个小时，闷热而气味诡异的车厢，我真的是快要崩溃了。

　　火车开始爬山，车厢里透进风来，渐渐清凉起来。我开始打量周围的这个世界，吃过饭的车厢，安静了许多。那些陷在彩色纱笼里的小家伙们，正瞪着迷茫而惊喜的大眼睛，有些羞怯地看着我。当我看向他们的时候，他们或者会大笑或者会脸红。有些小家伙开始大胆行动了，他们好奇地摸着我的行李箱，甚至想要看看我的相机。一个戴着红色帽子的女孩，微笑着递过来两根芭蕉，世界，在这一瞬间，突然变得美好起来！

　　而车窗外的世界，也愈加精彩愈加惊艳。满山苍翠的茶园，浮在半空的苍云，各种颜色的花儿，猴子、蜥蜴甚至绿色的孔雀在树林间闲庭信步。很多孩子，都是第一次坐火车，他们将脑袋探出车窗外，男孩子干脆就挂在车窗外。穿过隧道时，所有的孩子们，都欢快地大叫着，脸上满是兴奋，仿佛是一道约定俗成的仪式。

　　"小红帽"将半个身子都探出车窗外，忧郁、迷思、沉静、神往、微笑、大笑，第一次出远门的孩子，她分明看到了最美丽的世界。记得我第一次看到火车，也是在她这般年纪，隔着玻璃窗，看到夜色中那条绿色的长龙，汽笛声一响，火车徐徐开动，我的心也随之奔向远方。

029

山风吹向她，似乎将她吹向天堂般的美好世界，而这些孩子们，也将我带入到快乐天堂。

突然间，我就想起了这首歌：

大象长长的鼻子正昂扬

全世界都举起了希望

孔雀旋转着碧丽辉煌

没有人能够永远沮丧

河马张开口吞掉了水草

烦恼都装进它的大肚量

老鹰带领着我们飞翔

更高更远更需要梦想

告诉你一个神秘的地方

一个孩子们的快乐天堂

像人间一样的忙碌扰攘

我们拥有同样的阳光

旅途，真正让我们快乐的，不是物质与奢侈，而是内心的欢愉。当精神充分快乐时，似乎外在的环境也变得不那么重要了。心情灰暗时，马尔代夫的无敌海景也是你身陷的汪洋；心情快乐时，斯里兰卡的地狱火车，也是你的快乐天堂。短到一次旅行，长到我们的人生，莫不如此。

031

CHAPTER 2 SRI LANKA

加勒·印度洋的暖风

○ 街角的热舞少年

斯里兰卡,出乎意料地成为我的那杯茶,而小城加勒(Galle),是最有风味的一道,它的名字,叫作混搭。

加勒,斯里兰卡西南角的小城,面对着茫茫的印度洋。在荷兰殖民时期,荷兰人为了显示在斯里兰卡的统治坚不可摧,在加勒建了一座城堡,今天,这些城堡被完完整整地保留了下来。城堡内的小城,也充满混搭的趣味,因此,加勒得以入选世界文化遗产。

清晨,旅馆旁边清真寺宣礼塔传来的吟唱,将我从梦中唤醒。在小巷子转悠,倏然间,远处巷子的尽头,一个个白色的身影从狭窄的缝隙间闪过。一群皮肤黝黑的少年,戴着有美妙的伊斯兰花纹的帽子,衣袂飘飘,白衣胜雪,他们要去清真寺做祈祷。

我住的小旅馆只有四个房间,是一个典型的家庭旅馆,但是地理位置绝佳,最妙的是有一个很"拉风"的小露台。在这里可以看街景、喝小酒、侃大山,湖蓝色的桌布、上了年头雕刻着花朵的椅子,晚上有印度洋的风徐徐吹来。老板娘是八零后,大学毕业,她说流利的英文,喜欢SNOOPY的茶具。她总是热情地笑着,端上锡兰红茶或是当地的啤酒,以及最新鲜的木瓜、芭蕉与芒果。只有在每天早晨的时候,看见她虔诚地焚香祈祷，我才意识到她是佛教徒。

一个下午，经过城中最大的教堂Dutch Reformed Church，看名字就知道，是荷兰人建的。白色的教堂面朝大海，几棵古老的大树带来几许清凉，教堂的梁是木制的，头顶有呼呼转动的风扇，一切都是很热带的感觉。里面的工作人员，正在做圣诞装饰，突然一个笑眯眯的老头儿现身了，拿着一个大本子和一支笔不由分说让我签字，我一看，原来是让我捐献呢！只好捐了一百斯里兰卡卢比，方才脱身。

晚上，信奉印度教的几个老人，在街上点起明火，在火的映衬下喃喃自语，这是印度教的祈祷仪式。而其中的一位，眉毛和胡子皆被染成火红色，猛然抬头看我一眼，真是被吓了个半死！我是第一次看到印度庙，古印度文化中，性与宗教是紧密联系在一起的。有一种信仰体系——坦陀罗，它不但不拒绝尘世的享乐，相反还要尽力去挖掘这种享乐体验。所以，我面前的这些雕塑，个个服饰艳丽，袒胸露乳，与庄严的佛教雕塑真是大相径庭。

真是一个小城，横竖就那么几条街，可是，在荷兰城墙的包围中，四种宗教就这样错综复杂地交错着，不可思议地和谐着——斯里兰卡人对于这一点，总是引以为傲。

只有去过以色列的耶路撒冷，你才知道，眼前的景象是多么得来不易，它简直就是一个奇迹。

不同文化、不同宗教、不同民族、社会不同阶层，同处一城。而面积仅一平方公里的耶路撒冷老城，竟然有穆斯林区、基督教区、犹太人区和亚美尼亚人区四个区。以色列到处都可以看到盛开的罂粟花，并且有一个美丽异常的名字——亚纱笼，而耶路撒冷，就好像浸淫在微熏的亚纱笼气味中，人们的脸上，有一种迷幻的气息，甚至有微微

印度教徒的红胡子，

有的教徒甚至把眉毛也染成红色。

在清真寺做礼拜的孩子们。

的抽搐。我不知道他们在家里是否欢笑，但是出现在耶路撒冷曲折蜿蜒小径上的当地人，从来没有笑容，从来步履匆匆，从来没有眼神的交流。他们如同一阵黑色的烟在我的左右飘动，进入我的镜头的，永远只是匆匆的背影。对犹太人来说，冲他们照相意味着不敬，如果冒险尝试，换来的可能是凄厉的眼神和高声的怒骂。

而在这印度洋畔的小城加勒，我可以肆无忌惮地将镜头伸向每一个人，换来的，都是热带阳光一般灿烂的笑容。

一个明晃晃的午后，我在巷子里闲逛，空气中满是榴莲的臭味与木瓜的清香，我只觉得眼前发黑，几乎要热晕过去。街边米色的弧形窗上，坐着一个小男孩与小女孩，他们的笑容可以融化北极的冰川，在黝黑皮肤的衬托之下，洁白的牙齿闪闪发光，这些光芒让我从晕热中完全苏醒过来。只是当我举起相机的时候，他们的笑容依然可爱，可是手势却"二"得相当可恶。要想个办法，让他们High起来！

正好我穿着纱笼，那就先牺牲自己吧！于是，在炽热的阳光下，我小心地拽着绿色的纱笼，随意扭动起来。出乎我意料的一幕发生了！小男孩突然间跳下窗台，他随手捡起一只白色的塑料桶，敲打着，歌唱着，扭动着，狂放地大笑着！当地人本身就有歌舞天分的，小男孩发挥得淋漓尽致，几近疯狂！

这一条明晃晃的长街，完全成了他的舞台，他奔放得几乎无法自已。最High的时候，他干脆将塑料桶抛向我。我完全傻掉了，在他天王巨星般的光芒中，我如黑暗中的小丑。曾经我们汉族也霓裳羽衣，能歌善舞，国内外那么多民族，都善用歌舞抒发生命的快乐，唯独汉族，退化了。这一出，是我此生见过的，最佳的原生态表演。

037

038

天真蓝，将眼睛也刺出了泪水。

快乐，真的很简单，家里穷一些，衣服破一些，都不会影响一个孩子的快乐，只要给他自由的天空，他就可以在快乐的世界中遨游。快乐，也是一种能力，我们愈长大，愈欠缺，这一点，我们要向孩子们学习。

小男孩返回屋里，拿出几张塑封粗糙的相片让我买，我立刻被相片上的场景惊呆了，无意中碰到的小男孩和照片，将我领向一个无比绮丽的场景。

○ 高跷上的捕鱼人

加勒附近的 Koggala 一带，祖祖辈辈流传下来一种独特的捕鱼方式——高跷捕鱼法。当初是因为穷得买不起船，又想到海里去捕鱼，于是便想出了这样一个办法，而这些渔夫，也被称为 Stilt fishermen。黄昏时分，我抵达海边，远远的，看见他们坐在高跷上面。印度洋的晚霞映红了大海与沙滩，也映红了他们的脸。一阵阵海浪拍打着海岸，岸边种满了高高的椰子树。在波涛汹涌中，我几乎站不稳，而他们却是"任凭风吹浪打，我自岿然不动"。

高跷自然是插在水里的，而且是祖传的，我试着想爬上去，但那布满苔藓的滑溜溜的杆子，爬起来超级困难，还伤了脚，于是只好"望杆兴叹"了。

在斯里兰卡，劳动总是一幅新奇与美丽的画面，质朴、原生态，却是无与伦比的视觉大片。

我喜欢加勒，喜欢它的风轻云淡，天生丽质却美不自知，喜欢它的混搭风情，它水到渠成的宽容与博爱。它很小，然而在很多方面，它很大，大到我们望洋兴叹。

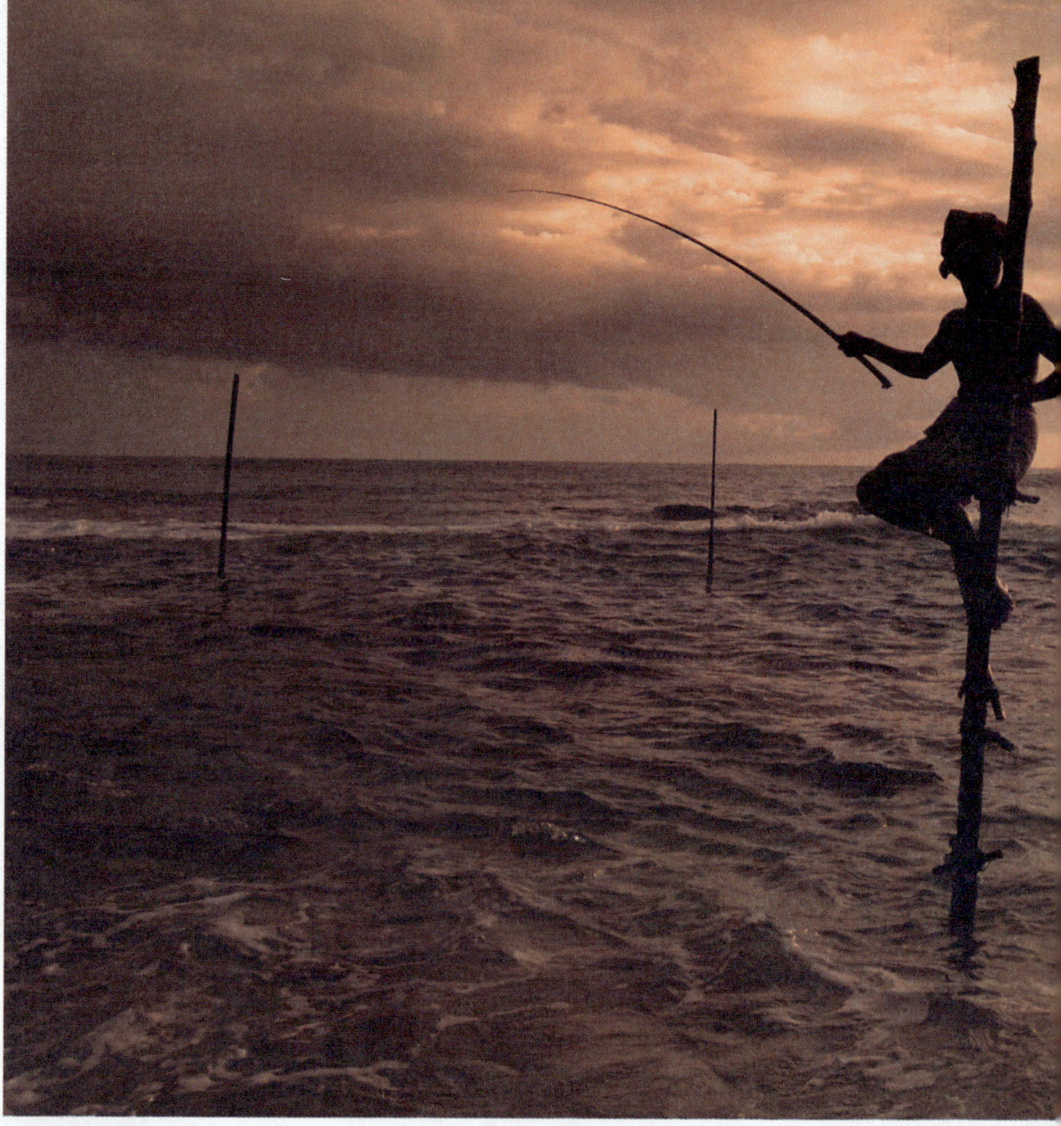

041

CHAPTER 3
JAPAN

日本

日本·一生只做一件事

○ 一家叫"和"的居酒屋

萝卜、魔芋、香菇、牛蒡、高汤、味噌，悉数下锅……擦净桌椅，挂好布帘，点亮灯笼，脸带刀疤的老帅哥便准备开门迎客了。墙上的手书菜单上只有豚汁定食和三种酒，但只要客人要求，老板会现做各种日式家庭料理。每道菜背后都有一位特别食客和一段温情的故事——每次看日剧《深夜食堂》，我都会想，亲身体验这样的氛围与美味，一定不错。

以为这样的居酒屋很特别呢，东京的一晚，我随意走入一家，才知道，其实在日本，这样的小餐厅，很是常见。

那一晚住在品川，我从酒店出来，来到这家只有三张桌子的小小居酒屋。吸引我进门的，是老板夫妇二人亲切的笑容。老板银白色的头发，看起来已有六十多岁，老板娘年轻一些，头发还染成时髦的红色。两人都穿着白色的高领毛衣，一人系黑色的围裙，一人系红色的围裙，笑起来都是弯弯的眼睛，很有夫妻相儿。

小小的居酒屋没有菜单，人民币两百多块的套餐。老板说："你想吃什么，如果我这里有，就给你做。"就这样，与传说中的"深夜食堂"不期而遇，得来全不费工夫！

最出乎意料的是，小店竟然是酒放体，酒随便喝。于是好喝的梅酒，我很不客气地喝了一杯又一杯。要知道，在日本，酒才是居酒屋的主角，服务员一般会先给你酒单点酒，日本人往往先点一杯啤酒喝着，再慢慢看菜单。另外，注意餐酒搭配：清酒一般配寿司、锅物、煮物等口味平和的食物，烧酒一般配口味浓烈的食物。

喝着爽口的梅酒，等菜上来的时间，正好用来欣赏店里的卡通漫画。戴着眼镜的老头儿，皱着眉头在公车上睡着了；胖胖的大妈拎着一大袋东西，在地铁上无奈地站着；更胖的大妈吃力地坐在马桶上，竟然还在打毛衣……市井百态，皆在眼前，让人忍俊不禁，却又充满浓浓的人情味儿。

先上来一盘清爽的蒸物，沾了黑芝麻的芋头，两种醇香互不相让，终合二为一；油炸的春卷，里面裹着香喷喷的红肠；煎鱼和米饭，特别之处是配了烤白果，芳香四溢；豆腐汤，还下了面条与青菜，各种清香味。居酒屋的味道，自然比不上怀石料理那般精致与讲究，但它有一种拙朴的家常菜气息，有一种回家的亲切感。

我和老板夫妇二人，以及邻桌聊了起来，老板娘高兴之余，说："我给你们烤一些饭团子吧，这可是我们家秘制的，不是谁来都有份的啊！"邻桌的大叔是常客，他自告奋勇动起手来，说没人能比得过他。三角形的饭团，搁在铁篦子上，下面是红通通的炭火，大叔在饭团上刷了一些酱,在"滋啦啦"的声音中,饭团变成金黄色,散发出诱人的香气。大叔坚持不用工具,稍显笨拙而滑稽地用手翻来翻去,脸上却是相当自负与骄傲的神情。这一刻,气氛温馨而热烈,让人不由想起那些影视剧中的场景。

老人将名字写在纸上,他叫小松基根,妻子富美子来自北海道的美幌,夫妻二人做这个小小的居酒屋已经几十年。

"您在年轻的时候,从来没有想过扩张规模吗?"我很自然地问他。

"为什么要扩张呢?"小松先生也很自然地反问我,我却不知如何回答了。

"死亡来临时,再多钱也带不走,当衰老来临时,再有钱也无益。所以,钱嘛,够用就好了,重要的是分享手工的朴素地道,让大家都开心。"

深受匠人文化的影响,日本人对于自己的手艺总是非常骄傲。日剧里经常能听到这样的台词,"我要做全日本最好吃的拉面","我要治好全日本的跌打伤",从医生到拉面师傅,各行各业都透出一种对技术的痴迷和从业者的骄傲。在古代日本,社会阶层等级森严,没有科举之类来攀升的阶梯,只能各安其业。

"我们的居酒屋,名字叫作'和',来我们家吃饭,不仅要吃好,而且气氛要祥和,走的时候,心中自然一片平和,晚上就能睡个好觉,第二天就可以精神抖擞地去工作。"小松先生的眼睛,闪闪发亮,继续道:"日本有一句茶道用语,叫作'一期一会','一期'表示人的一生,'一会'则意味仅有一次的相会。作为主人应尽心招待客人而不可有半点马虎,而作为客人也要理会主人

香喷喷的饭团子。

居酒屋老板亲切的笑容。

的心意,并应将主人的一片心意铭记于心中,因此主客皆应以诚相待。人生的每个瞬间都不能重复,因此我们要珍惜每个瞬间的机缘。"

小小的居酒屋,不仅能吃出饭菜的清香,还品出人生的滋味。

一期一会,难得一面,世当珍惜。走在东京寒冷的冬夜,想着这句话,想着那些往事,心中苍凉而略带寂寥。但是走着走着,回味其中,心中却渐渐温暖充盈起来……

○ 街头的和果子店

心情灰暗的时候,看一部讲美食的电影,无疑非常治愈。关于美食的电影,美国总是一贯的励志风格,例如《Julie and Julia》,两个好友排除万难,研习法国菜精髓,执著地出版了能教会美国人做法国菜的"百科大全书"。法国电影,则更多将美食升华至艺术与创作的绝高境界。而香港电影,通常只是以美食为背景,过于喜感与无厘头,美食常常具有反讽的味道,例如《食神》,例如《金玉满堂》。

在日本,人们将料理奉为通往幸福的途径,食者品尝到的是久久难忘的好滋味,会因悸动而喜悦。无论是细品岁月人生的《深夜食堂》,还是带来勇气与希望的《南极料理人》,甚至融入穿越元素的《月代头布丁》,都没有惊心动魄的故事,不耍花枪,也非关风月,电视和电影中的美食,纯粹的唯有"用心"二字。《街角洋果子店》也是如此,道道精致的西式糕点,带给每位客人幸福的同时,也救赎了灵魂上自我圈囿的糕点大师,点燃了懵懂的心中潜藏的梦想。电影虽然剧情平淡,但每个镜头、每个动作都有美感,细节和美食足以撑起整部戏。

日本人把点心叫"果子","洋果子"是指西式糕点,日式点心统称为"和果子",包括糕饼和甜点,以麻薯、年糕、羊羹、大福等最

047

为常见，多用红豆做馅料。与其说"和果子"是小吃，不如说是日本的传统艺术品。其精致的造型完美地表现了日本人对饮食美学的追求，成为日本饮食文化的象征之一。

川越市位于埼玉县西南部，在江户时代，该市为川越藩的城下町，非常繁荣，有"小江户"之称。由于这里未曾遭战火洗礼，留下了大量寺院与历史街道。老街中最有代表性的建筑钟楼，自宽永年间便开始报时。老城有一条古老的"果子"一条街，就在离钟楼不远的地方。

冬天的阳光，透过迷茫的晨雾，洒在古老的街道上，两侧的木屋皆垂着竹帘，竹帘上映着枯树的影子，无意中透露出几分枯山水的神韵。竹帘的一侧，彩色的风铃在风中舞蹈，这是果子店的象征。我进入一家叫作"稻叶屋"的果子店，操作间里，笼屉里满是果子，屋里热气腾腾，芳香四溢。店里满是热烈而喧闹的制作糕点的声音，即便是最简单的工作，因为热爱而用心投入，也自成一种动人的执著态度。晨光中，店门前很多排队买果子的人，小孩子们欢欣雀跃，妈妈们露出欣慰的笑容，老人们一走到摊位前，店员们马上默契而熟稔地拿出一种果子，也许是老人一成不变地喜欢一种口味，不变也是坚守吧！

老板稻叶先生是一位73岁的老人，他同时还是当地"果子合作社"的负责人。他的背已经微驼前倾，却依然在店里忙前忙后。老人家热情地让我品尝热乎乎的糯米面做成的果子，里面是甜蜜蜜的豆沙馅，将这样冒着热气与香气的果子塞到嘴里，似乎周边的冷风也变得轻柔了。稻叶先生一直在瞪大眼睛看着我，直到我露出喜悦的表情，他的表情才放松下来，甚至开怀大笑。

这，大概就是幸福的滋味吧！一个人若能做自己喜欢的事情，并且靠这养活自己，又能和自己喜欢的人在一起，并且使他们也感到快乐——幸福，就这么简单。

稻叶屋旁边的另一家果子店里挂着一排排温馨朴实的小灯笼，几个可爱的卡通小龙摆在柜台上，用以招福，墙上贴满了年代久远的版画，生动地体现了当地的民俗与传统。店里忙碌的老人，竟然已经87岁了，但看着他手脚麻利地包扎着果子，真让人难以置信。老人的儿子都已经六十多岁了，因为他不肯继承家业，老人只好自己坚守祖传的店铺。

"到我这里，已经是第五代了，我必须要做下去！"老人的眼神依然坚定。

"您一直在做果子吗？没做过别的事情？"我不是很确信。

"我从很小的时候，就开始跟家人学着做，到现在，已经将近八十年了。除了做果子，我什么也不会，可是，这不就已经足够了吗？"

将近九旬的老人，不悲悲切切，不唯唯诺诺，坚守信念，面露微笑。这，也是幸福的滋味吧。获得幸福，并不意味着一切都完美了，它只意味着你决定不再介意那些不完美的事情了。

○ 无名咖啡馆

无名咖啡馆，一家毫无名气的咖啡馆，一家没有名字的咖啡馆。这家咖啡馆，在青森县弘前市一条古朴的老街上。

青森县位于日本本州岛最北端，是日本艺术家奈良美智的故乡，他在自传《小星星通信》中写道，他从小在缓慢的环境中长大，那时

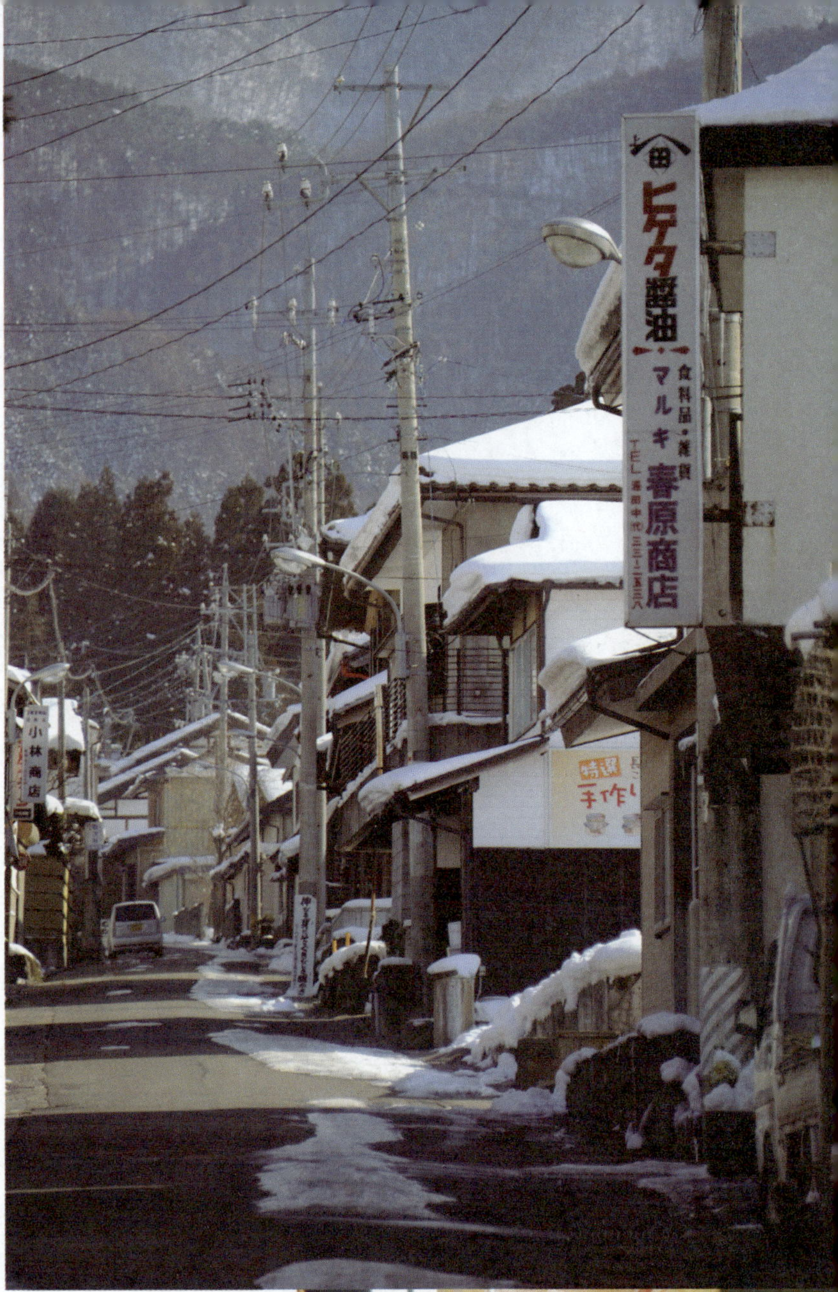
ヒゲタ醤油
食料品・雑貨
マルキ
春原商店
小林商店

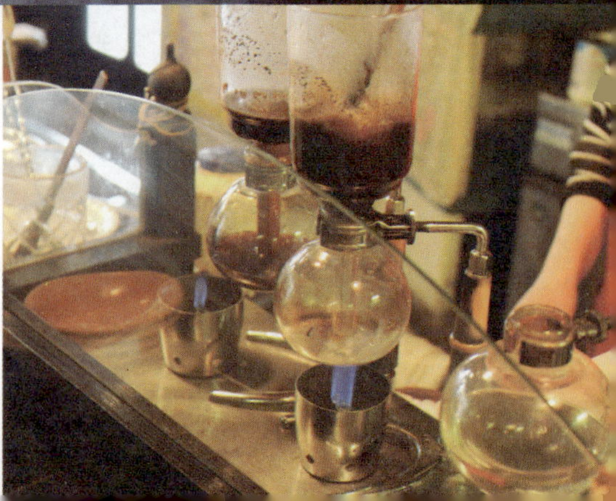

的日本尚不像今天这般工业发达，冬季很长，白雪覆盖了整个世界，外面很冷，孩童无处可去，遂涂鸦聊以自娱。春夏很短，青草、鲜花和星星倏忽而过。

已是四月，青森的春天不肯到来，依然漫天飞雪，于是想起了奈良美智描绘的世界，于是很容易就进入了他笔下的青森，想到了他创作的那些漫画及动画。那些眼中流露出不友善的神情，同时又身处在寂寥、淡漠背景中的画作主角们，不禁让人由怜生爱。

虽是漫天飞雪，但毕竟已经是北国之春，就好像青森，虽然冬天漫长而寒冷，但是一样有古朴的温情。这些温情，大多来自那些古朴的老房子、对传统的尊重、对古老文化的传承。随意走进一家拉面馆，那些温情就向全身心袭来。点了一碗最经典的味噌咖喱牛乳面，浓郁的汤汁，清爽的芽菜，最有特色的是上面那一块牛乳酪，会在吃的过程中，慢慢融化在汤里，所以味道是不停变化的。大声吸溜着好吃的札幌拉面，透过方格子的窗棂与藏蓝色的门帘，看雪花静静地轻舞飞扬，这样的场景，很北海道，很日剧，很穿越。

吃过一碗热乎乎的拉面，心满意足地走进一家咖啡馆，很小，店里的灯光不是很亮，反而能看出那些木质的柜台与桌椅，散发出幽暗的光泽，有一种岁月打磨过的时光味道，古老的电扇、海报、照片，亦全都有时光雕刻的印迹。店里的咖啡，都是用上好的咖啡豆自家焙煎，柜台上摆着几个烧杯，点开明火，咖啡在杯子中翻腾着，散发出诱人的香味。这般用古老技艺制作咖啡的店，在全日本也不多了。店主人戴着眼镜，对我的好奇只是微笑而不言语。细问之下，得知她经营这家小小的咖啡馆，竟然已有29年！说起那些过往，她淡淡的口气，仿佛说的是别人的故事，这种淡然的、波澜不惊的心态，可能正是她坚持下来的原因吧。

我爱咖啡的香气，但不爱咖啡的酸味及苦涩，我喝咖啡，一定要加糖和鲜奶，所以毫不犹豫地点了拿铁，店主人却微微摇了摇头："我这儿的咖啡豆，都是精挑细选，细心烘焙成各种不同的风味，你不妨闻闻看。"

她拿来一些烘焙好的咖啡豆，有些闻起来带着果香，有些则有淡淡的木头香味。

"喜欢哪一种，可以尝一尝。"

在她淡然却坚定的微笑中，我硬着头皮，选了一种闻起来很特别，外形却有些瑕疵的咖啡豆。一瞬间，她的眼神亮了起来："这是曼特宁咖啡豆，以最独特的苦表现它最独特的甜，就好像我们的生活一样，它是鲜花边上的荆棘，令人清醒而自觉。"

少顷，我半信半疑地接过她煮好的曼特宁咖啡，风味非常浓郁，甘香、纯苦、醇厚，带有少许的甜味和微酸，却有悠长的回味和余韵。即使没加糖也感觉得到甘甜，让不喝黑咖啡的我，第一次觉得原来纯咖啡也可以这么好喝。

我向店主人微笑点头，她又恢复了那份淡然，望着窗外，不再多言。

"请问，咖啡馆的名字是什么？我下次有机会会再来的。"我有些没话找话说。

她转过身微微一笑："没有名字，就叫作咖啡馆。"

窗外的雪花，兀自飘落着，雪中的世界，返璞归真，一如这小小的咖啡馆，纯朴得竟然没有名字。那一刻，我心中终于，有些小小的暗涌了。

CHAPTER 3 JAPAN

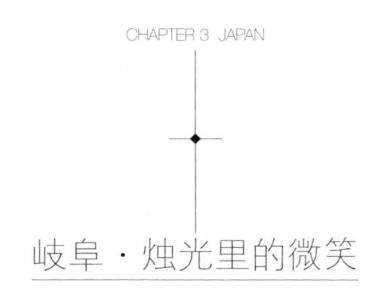

岐阜·烛光里的微笑

○ 遇见最美的烛光

在日本旅行，常常感慨与惊叹日本人对于美的极致追求，一山一水，一景一物，一饭一汤，无不展现出惊人的美。这些美，建立在日本的无常观（mujo）之上。所谓无常，即没有不变之事。日本的自然环境很恶劣，地震、海啸等各种灾害频发，让他们备感世界与生命的无常。在日本有名的随笔文学《枕草子》中，作者说："飞鸟川，一日为深渊与一日为浅滩没有一定，让人感到人生变化无常，使人很感动。"

既然世界如此无常，还有什么事情看不开呢？这反而让日本人更加积极寻求每一个美的瞬间。春天的樱花、夏天的萤火虫、秋日的枫叶、冬天的飘雪，这些美景都不会持久，而日本人就为了这刹那的光芒，不辞辛苦，前往观赏。正如另一本有名的随笔文学《徒然草》中描述："起初，无常观是一种略带悲哀的咏叹，被它照耀的事物，也笼罩着一层微暗的感情色彩。后来，这束奇异的光渐渐走向了透彻，最后，是一片无色无影的大澄明。"

日本人，在无常的环境中寻找极致的美，而寻找的过程，就是对他们心灵的安慰与呵护。

054

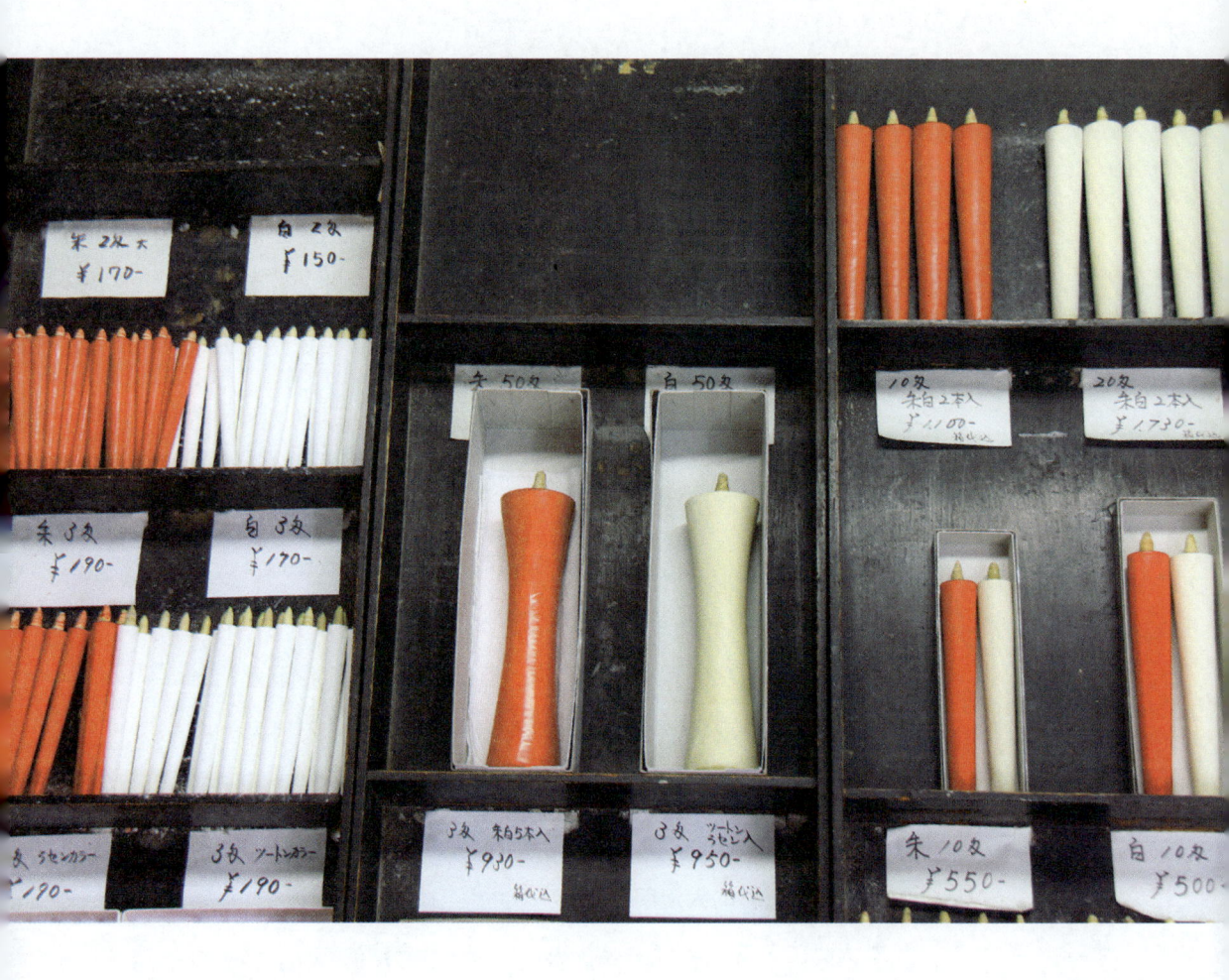

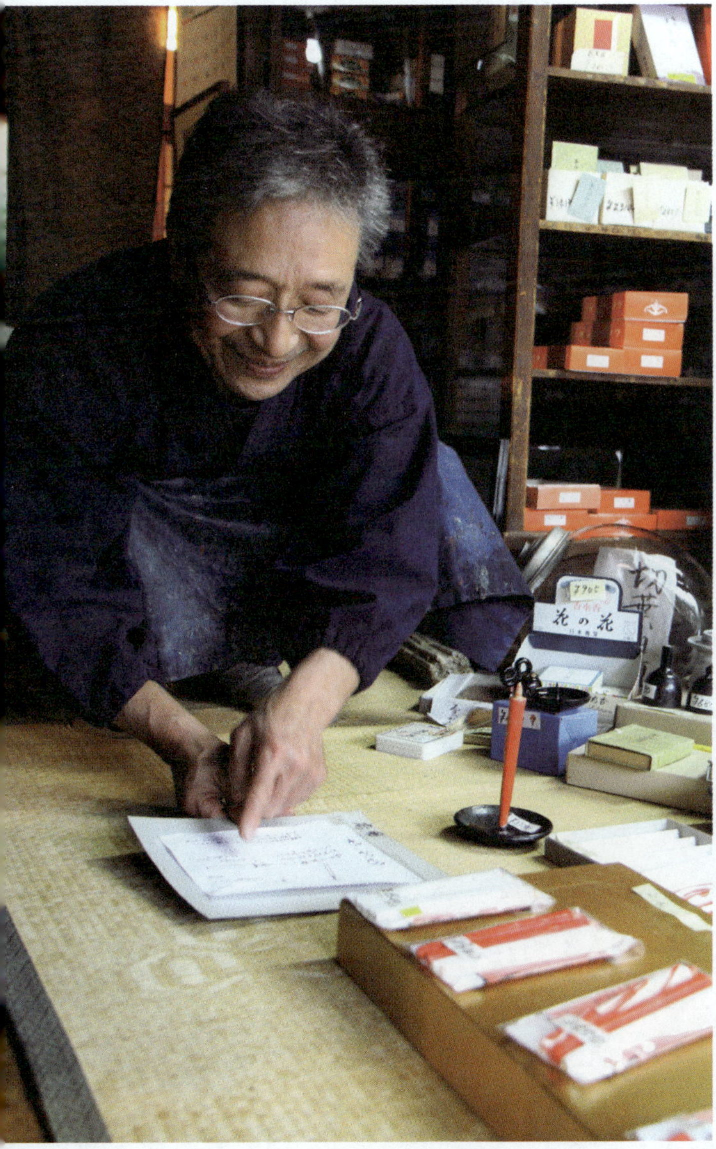

岐阜县的飞驒（tuó）小城周围山川环绕，中间是飞驒高地，典型的高山内陆区。因为山林丰富，木工工匠很多，从事这些工作的工匠被称为飞驒工，他们在苛刻的劳动条件下仍建造出很多华丽的宫殿。飞驒的寺庙固然精美，但我印象最深刻的是那条长长的濑户川，河道不宽，但满是鲤鱼。红色的、黑色的，那么肥硕，那么饱满的鱼儿，挤满了这条长长的河。是时，天光有些阴沉，秋风萧瑟，而河中的鱼儿如此缤纷，我的感觉多少有些惊心了。

顺着河边拐一个弯，眼前全是木制的老房子，很多是临街的店铺。其中一家是蜡烛店，红红的蜡烛摆放在木格子窗台上，窗户上方垂下来两个饱满而友好的丝瓜，让我觉得有一种莫名其妙的亲切感。透过打开着的窗户看到，一位戴着眼镜的老人，身着蓝色的土布衣衫，围裙上满是蜡烛的眼泪。他俯下身子，指着一本画册向一旁的顾客解释着什么，而脸上的笑容，从未曾倦怠。店的门口，挂着他的铭牌：三岛顺二。

歇息的工夫，我走过去："门口的那条河，水里的鱼儿真是多啊。"

"是啊，鱼可真不少呢，可是在我小时候，这里其实是一条臭水沟。"见我略微诧异的神情，老人依然笑意盈盈，"这条濑户川，是四百年前，由一位叫作濑户屋源兵卫的人发起修建的人工河，长期以来，河水一直干净得可以洗菜。但是随着经济的发展，河水被严重污染。为重现当年的风采，在1968年，我们小城的居民通过捐助在河里放入了许多的鲤鱼，当地人再不忍糟蹋，于是河水渐渐清澈起来。"

"您从小就在这里长大吗？"

"当然，我的这家蜡烛店，从江户时代便开始经营了，我是家族的第七代传人。我们这样纯手工的蜡烛店，全日本也只有不到十家，还有电视剧在我这里拍过呢。"

顺着三岛先生手指的方向，我看到店里悬挂着一张海报，是NHK的早间剧《樱花》。老人脸上满是骄傲的神情："手工蜡烛用的全部都是植物性材料，颜色、大小不一样的蜡烛，用途也不一样，我这里的很多蜡烛是专供附近的寺庙与佛龛的，像这支有十三公斤，附近的寺庙每年仅在1月15日用一次。不过，也有很多人宁愿多花一些钱，在自己家里用。"

"是啊，材料珍贵一些，所以价格自然也不低。"我顺嘴一应。

老人笑着摇摇头，走向一旁的操作间，给我演示起来。这是一种被称为"生挂"的木蜡重叠涂抹方法，用一根长长的棍子绑着蜡烛芯，完成初挂且原型定型后，用手边转动边擦蜡，反复涂蜡，其转动回数决定了蜡烛的粗细。然后，让和蜡烛表面含有适当的空气，蜡烛在手中往返地串四到五次后，深绿色迅速地变成白色。据说这是蜡烛制作过程中最需要娴熟技艺的工序。最后，将红色的涂层染上去，切头，出芯，切齐底部之后，一只整齐的和蜡烛就此完成。

在制作的过程中，三岛先生始终面带笑容，甚至让我觉得他笑得真是很辛苦。他不停地讲述着，发自内心地喜欢自己做的事情，那般痴迷，仿佛不是在讲给别人，而是在讲给自己听。小小的蜡烛，已经融进他的生命。

"那么，这些蜡烛芯儿，也是植物材料吗？"

"是的，是由三种材料做成的，分别是日本和纸、做榻榻米的蔺草，以及绢。"

我有些不解："真是不容易啊，为什么要这样做呢？"

三岛先生停下了手中的活儿，将目光投向窗外："很多蜡烛都是寺庙用的，这样的蜡烛芯，烛光会很稳定，不容易灭。更重要的是，这样的烛光，形状非常美！"

　　"烛光的形状！"那一瞬间的感慨，让我惊讶失语。

　　老人依然微笑着："蜡烛是在奈良时代，由唐朝时的中国传入日本，由于是贵重品，当时仅供极少数人使用。到了室町时代，日本的和蜡烛才诞生，直到江户时代才普及开来。日本人对于蜡烛有一份朴素的情感，我店门口的这条小街，冬天的时候，街两边都会点上我家的蜡烛，即使风很大也不会熄灭，那时的景色真的非常美。"

　　墙上挂着一张图，显示了不同的烛光形状，老人指着图，说："摇曳闪烁的神秘烛光，与莫扎特的音乐和宁静的森林一样，幽静平和，使人放松。"

　　我不由得关心起这家店的命运："所以，您的孩子会继续做吗？"

　　三岛先生银白色的头发下，涌现出更多的笑意："我儿子，这家伙之前很不情愿呢。不过最近，他终于答应了，等明年大学毕业后，哪儿也不去，会回到店里来工作，成为第八代传人，把我们家族的传统技艺继承下去。"

　　店里燃着好几支蜡烛，透过那些闪耀的烛光，我分明看见，三岛先生的眼中，有莹莹的泪光闪动。

○ 内心的平静

　　打开门，穿过一条幽暗的走廊，出现一个不大的空间，就是熊崎先生的漆器工作室了。

　　世界一下子就安静了下来，甚至屋外的阳光，都被拒之门外。

059

在日本行走，会有很多亲切感，也会徒生许多感慨。那些盛唐时期传入日本的灿烂文化，那些源自中国的古老传统，在我们这里日渐走远，却在日本保持得那么鲜活。当我们的城市千城一面，充斥着毫无性格的"石柱森林"，日本的城市，却保留着那些古老的街巷与木屋。经济发展与人口密度，日本都胜于我们，对于城市的发展与改造，我们太过匆忙，对于历史与传统，太过不尊重。那种慢、沉静、温暖和细腻是人本主义美的流转。那种梦回唐朝的美感，简直令人心碎。

日本人对于传统的尊重与保护，不仅体现在城市的风貌上，还体现在他们对古老技艺的传承上。例如隆重上演的高山祭，例如高山市的漆器工艺。

熊崎先生年近五旬，灰白的头发，戴着眼镜。看到我，他浅浅地一笑，算是打过招呼，便继续他的工作。屋里甚至有些简陋，四周的柜子木色潜沉，是用来"烘干"漆器的。空气中有一些难闻的味道，室内非常安静，熊崎先生每天的工作，就是一个人坐在这里，一笔一笔地给漆器上色。寂静、重复、单调、与世隔绝，常人无法忍受的工作，熊崎先生做来，却是一种修炼，更有修禅的味道。

漆树，只生长在亚洲，漆是树木的眼泪与血液。当漆离开母体开始另一段生命历程时，漆是活的。漆是东方的皮肤，是视觉艺术的古汉语。漆文化的根在中国，从新石器时代开始我们的祖先就开始用漆制器，但历经千年之后，瓷器替代了漆器，而漆器在公元 7 世纪传入日本以后，却逐渐成为日本民族的象征。至此，漆开启了另一段传奇，漆器传入日本，大放光彩。日本漆器工艺精湛、纹饰精美，独创的莳绘术和描金漆，逐渐被世界所知。

漆艺是一种极耗工费时、重做工、精技巧的手工艺术，一件作品的完成需要花费一年甚至更长的时间，在现代高速发展的社会里，人越来越浮躁，能静下心来完成一件漆器作品实属不易。而日本独有的匠人文化，得以让漆器在日本发扬光大。

匠人文化的本质，一是敬业，二是认真，更重要的是当代匠人文化被全社会所接受，敬业和认真这两个词，也被全社会接受和发扬，它们融入日本人的骨髓中，成了日本社会的行为准则。

在中国的传统文化中，学而优则仕，手艺人的地位不高，而日本的匠人，却受到全社会的尊重。在幕府时代，日本人就对拥有特殊技能的人特别推崇，尊之为"匠人"。对于他们，工作做得好坏，和自己的人格荣辱直接相关。正因如此，他们对自己的工作极其认真，对于如何使手艺达到熟练精巧，他们有着近乎神经质的追求。他们对自己每个作品都力求尽善尽美，并引以为豪。日本对匠人文化的重视，是在社会各个层面展开的。1950年，日本政府颁布了《文化财产保护法》，对那些身怀绝技的匠人或艺人实行"人间国宝"认定制度。

熊崎先生这间简陋的小屋，有许多名人曾专程来这里拜访，屋里的一张照片，就是他和日本足球明星中田英寿的合影。

我忍不住多问了一句："请问，你是否也向往被授予'人间国宝'的荣誉？"

熊崎先生头也不抬，淡淡地说："没有想过，那些和我没有关系。"

"对，技不压身，这才是最重要的。"我忙不迭地应承着。

熊崎先生终于抬起了头，微微一笑："技艺其实不是关键，最重要的，是内心的平静。"

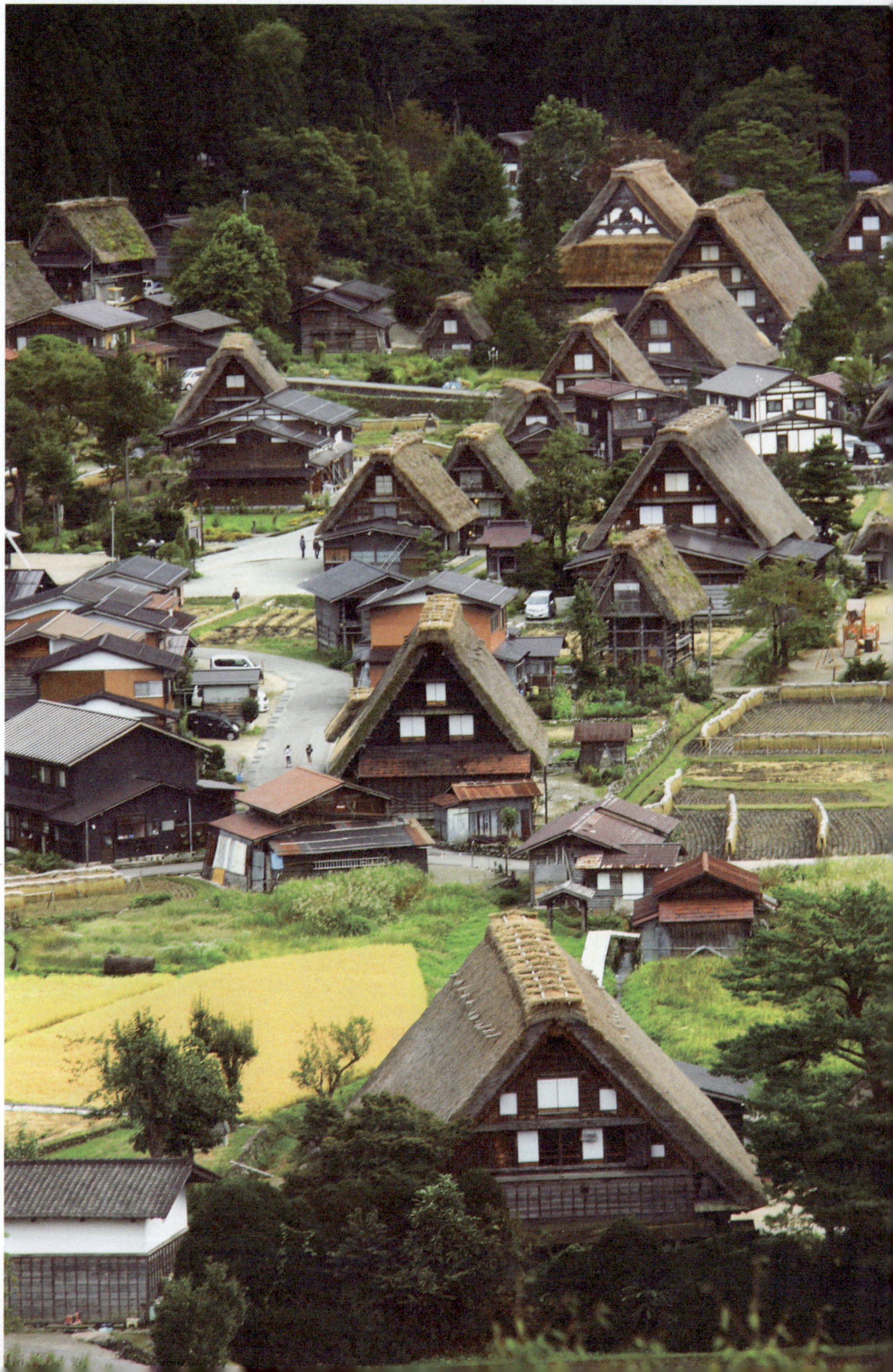

CHAPTER 3 JAPAN

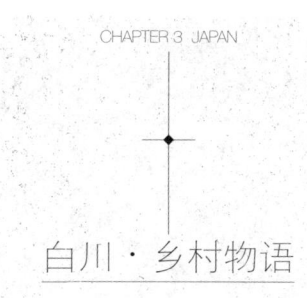

白川·乡村物语

○ 白川乡，轻轻合上的手掌

秋天的日本乡野，吹来的风有隐隐的稻香，透过满目灿烂的秋樱，从高处遥望那些山谷中静静合掌的小草房，如同踏入梦境的河流，那一刻，是我旅行中最难忘的时刻之一。

白川乡位于岐阜县西北部白山山麓，是四面环山、水田纵横、河川流经的安静山村。那里"合掌造"式的民宅，110多栋连成一片，1995年被指定为联合国世界文化遗产。合掌屋用稻草芦苇来铺屋顶，两边的屋顶既像是一个人的手掌，又像是一本打开的书，呈三角形。这些房子建造起来不用一根钉子，但是却非常结实。建造房屋的时候，上百个人可以同时站在上面劳作，而到了寒冷的冬天，就算积满了厚重的雪，房子也不会被压垮。

十月的白川乡，处处盛开着缤纷的秋樱，金黄色的稻子随风翻涌，还有一条小溪从村中潺潺流过。我在稻田间的小路曲折迂回穿行，来到村子中最有代表性的一座房子和田家。房子很大很气派，一进屋就看见一个大火塘，其烟熏会让木头更加结实。顺着古老的木楼梯爬到二层，就可以看到整座合掌屋的建筑结构，一根根的木头，完全用麻绳捆绑在一起，这些木头又撑起整个房屋，古人的智慧与技

064

艺，现在看来依然让人叹为观止。

直到现在，村里依然保留着古老的合作方式，谁家翻修房子，大家会一起帮忙，那种百人站在屋顶上劳作的场面真是壮观而温馨。村子也一直避免让自己过于商业化。晚上，村子里的路灯如果全部亮起来，再加上屋子里泛出的点点灯光，真的是特别梦幻。特别是冬天的晚上，近一米厚的白雪覆盖了小村庄，远远望过去，就像童话中的世界。但村民们说："这些路灯以前是没有的，全部亮起来就不像我们生活的家园了。"所以，一年只有七个晚上，可以欣赏到这样的美景。

难忘的午餐是在村子里吃的，餐厅亦是一座古老的合掌屋，屋子四周全是清清的溪水。店家最拿手的就是岩鱼饭，一条是早前腌好的，味道特别香醇，一条是活鱼现烤的，非常鲜美。这家餐厅父亲掌勺，儿子跑堂，小伙子一身靛青色的土布衣衫，帽子与围裙上印染着清新雅致的花朵。随口问他鱼是哪里打来的，他微微一笑，指向窗外，仔细看，溪水中有一条条黑色的小鱼在游动，原来就是从家门口打捞上来的！

"整天待在村子里，不闷吗？"看着他得意的神情，我忍不住想打击他一下。

他微微一顿，笑着对我说："不会啊，从来没想过这个问题呢。"

"那么，你在北京这样的大城市待着，一定不闷吧！"端着一壶荞麦茶，小伙子边给我斟水，边问我。

我笑了笑，不知该说些什么。窗外，不知何时，飘起了淅淅沥沥的秋雨，雨中的老屋，如谦逊的老人，轻轻合掌。

066

067

CHAPTER 4

THAILAND

泰国

大城·蓝莲花为我盛开

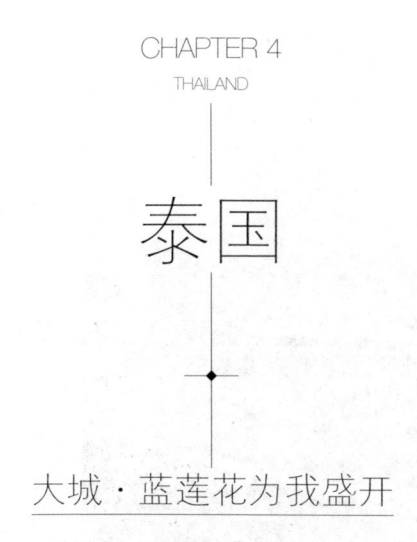

○ 最好的时光

还记得那天晚上的夜空，天上有一轮皎洁的明月；还记得那一晚的风，退去了日间的燥热，满是清凉；还记得随风吹来的阵阵花香，飘荡在乡间的小路上，缅栀子与三角梅，或是隐隐的，或是浓烈的，从路旁争先恐后地袭来。

大城，泰国的故都，位于曼谷以北八十公里。我在旅馆租了单车，在大城的一座座寺庙间畅游，城郊的柴瓦塔娜兰寺很远很远，但为了欣赏它特有的日落美景，我还是"吭哧吭哧"地骑了过去。回到大城时，已是夜幕降临，但心情却是十分愉悦，终于看到了 Baan lotus（莲花旅馆）的招牌，我放松地打开了旅馆的大门。

突然，听到背后有人向我打招呼，我本能地一回头，一个长发的男孩就以迅雷不及掩耳之势抢走我斜挎在身上的摄影包，然后快速跑到一辆摩托车上，摩托车随即被他的同伙发动起来，眼看就要驶走

069

了。我先是一愣，顿感大事不妙，我的摄影包里，不只有我的相机以及刚刚用过一天的新镜头，还有我的护照、现金及两张信用卡，也就是说，我的全部家当，都被这个飞贼抢走了！

那一刹那，最先想到的，是我的护照。钱可以丢，相机可以丢，但是护照一丢，旅行计划就会全部被打乱。更何况，我这本五年期的护照马上就要到期，其中的记录不只是以后签证的便利条件，更是我一份份珍贵的记忆。于是，我追了上去，抓住了长发男孩，这时，摩托车已经疯狂地行驶起来，长发男孩不停地用拳击打我的头。我在柏油马路上被拖了六十米左右后，终于，被甩在了冰凉的路上，耳旁，是一声刺耳的刹车声，一辆大货车，停在离我几米远的地方。

我惊恐地在马路上干号着，无意中发现，那个长发男孩自己的腰包，愣是被我扯下来了。

好心的当地人、热心善良的警察、医务人员、慈祥的莲花旅馆的阿姨、身体多处严重的擦伤、夜晚疼痛得无法入睡……记忆如蒙太奇般变幻着。第二天，大城的阳光依然灿烂，只是再炽热的阳光下，也有忧郁而绝望的人。从这天以后的一周，太多的西方旅客在这个美丽的旅馆进进出出，而一个满身伤痕的东方人，成为一道奇特的风景，也许他是破坏市容的人，也许，他的故事将成为他们东方之旅的一部分难忘的回忆。

旅馆偌大的院子里，绿树葱茏，两幢有年头的柚木房子拙朴而亲切，更妙在有一个静静的莲花湖，朵朵莲花在阳光下谦逊而悠然，一条木质的廊桥从湖面延伸过去。莲花旅馆周边没有第二家旅馆与酒吧，它闹中取静，低调却卓尔不群，我为它的幽静而欣喜，却不料正是这幽静，带来一场灾难。

我总是坐在廊桥上,望着一池的莲花发呆,阳光如此美妙,清早、午后、黄昏、夜晚,那些不同的光线映射在湖面,或明或幽,衍生出如此梦幻的景致,既有东方的禅意,又有莫奈那幅名画中的意境。

七天,每一天,我都坐在那里。开始,我很拧巴地责怪自己的大意,我的护照和钱包,从来都是随身携带,只有那一天是放在摄影包里;我还很财迷地想念着我丢失的1600多美金和新镜头;还很失落地向往着无法前行的菲律宾⋯⋯但是,后来,我沉入到奇妙的莲花之境,花儿们在微风中向我点头私语,远处的寺庙中传来若有若无的诵经声和几声蝉的吟唱。人生中过往的一幕幕,在脑海中闪回,那些年少轻狂,那些无所畏惧——人,不应该胆小怕事,但是,应该有所畏惧。在湖边的阳光下,我终于淡然,终于原谅,终于笑了。年轻时我们都很无畏,总有一天,你的生命中会遇到些什么,于是你懂得了敬畏,懂得了对这个世界谦让。这不是一种退避,它让你心中一片澄明,更加豁达,充满感激。

佛教有"花开见佛性"之说,这里的花即指莲花,也就是莲的智慧和境界。这听起来似乎很玄,宗教意味很浓,其实只是一种较高的思想境界。事理通达了,参透了,自然凡事都看得开,不再贪婪、恐吓、焦虑、痴心、嗔怒,在精神上自然摆脱了苦境,变得轻松愉快。

我终于能够面对它,接受它,处理它,放下它。

莲花旅馆的老板,是一位受过良好教育、英文流利的阿姨,这个美丽的院子,是她出生和成长的地方,这两栋柚木房子,是她温暖的家园。长大后,她和兄弟姐妹,都离开了这里前往曼谷。父亲临终前对她说:"这里是我们的家,房子如果没人住,就会落败下去,终有一

072

073

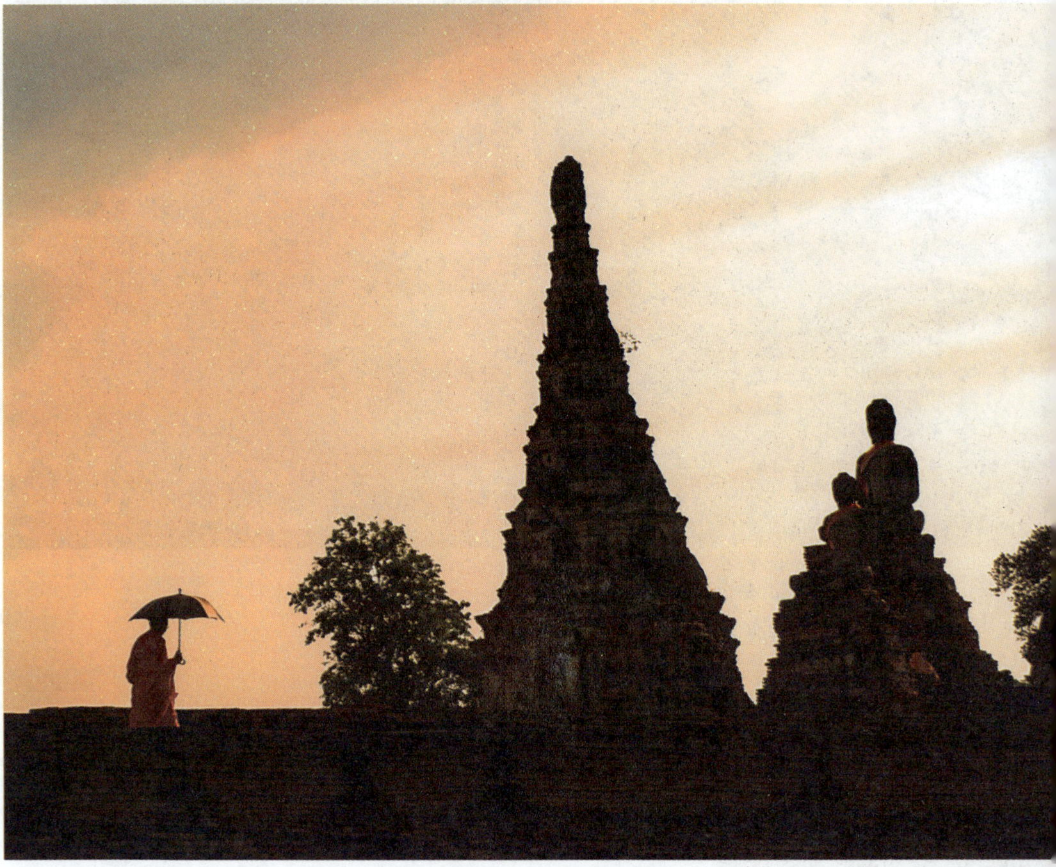

075

天，你们将无家可回。"阿姨瞬间就决定，放弃自己在曼谷的工作，回到故乡。她微笑着对我说："做旅馆真的很辛苦，也赚不了很多钱，但是那种故园的充实与幸福，那种内心的宁静，是多少钱也买不来的。"柚木的老房子，经过多年时光的洗礼，木质温润，散发着岁月的睿智与光泽。阿姨擦拭地板的时候，眼光中透露着仪式般的庄严，房子与人，皆洗尽铅华。

阿姨的母亲有一半中国血统，但是阿姨却连最简单的"你好"也不会说。她让我叫她妈妈，每天给我上药、送饭、洗衣，对我关怀备至。一天晚上，我和两个加拿大女孩讨论歌星，我告诉她们华人世界最有名的歌星是邓丽君，她的歌曲不止是中国人，甚至东南亚的很多人也会唱。我放出《甜蜜蜜》给她们听，一旁的阿姨突然就字正腔圆地唱了起来，原来，这是她小时候，她妈妈教给她的。唱着唱着，阿姨转过身去，快步走远了。第二天，她告诉我，那一刻她想起了过世的母亲，悲从中来，不能自已。

我的相机，在出事后的第二天，就被警察找了回来，应该归功于我抢到的那个腰包，里面有一个抢劫者的身份证。而我的护照与钱包，被他们分赃了，他是一个惯犯，已经进过三次监狱。

警官 Jod，是我出事当天的值班警察，在我浑身是伤，刚到警察局的时候，他不停地问我各种问题和细节，让我觉得他很没有人性。后来，他开车送我去医院，为我垫了医药费，为了我的案子，连续两天没合眼，终于病倒，又让我感动得觉得他人性得过了头。Jod 的父亲是中国人，在上个世纪 40 年代躲避战争，逃到泰国。Jod 不会说一句中国话，但是他正在看的书，是孙中山的《三民主义》。Jod 为自己的中国血统而骄傲，他憧憬着有一天，能来中国，能去父亲的故乡看一看。

Jod 一如所有的泰国人，脸上总是挂着谦逊而阳光的笑容。泰国的警察工作很悠闲，他一周只工作两天，业余时间另有兼职，是英语教师。分别的那一天，他突然变得很严肃，向我道歉，表示因为他们的失职，让我饱受折磨。我告诉他，我失去了很多，但是我得到的更多，我爱这个小城，美丽而温暖。Jod，在热带的阳光里，如释重负地笑了。

一周后，我的伤口已经结疤，我决定继续我的泰国之旅。那天早上，我在莲花旅馆用早餐，老板妈妈带着惊喜的笑容向我走过来，她告诉我，房门前的小池塘里，那株蓝莲花竟然盛开了，要知道，这是非常难得的！

初绽的花瓣上还点缀着清晨的露珠，在微风中轻轻摇摆。我知道，善良的阿姨是虔诚的佛教徒，她是想告诉我，蓝莲花是生命的象征，永不凋谢的蓝莲花，如同生命生生不息。

"穿过幽暗的岁月，也曾感到彷徨，当你低头的瞬间，才发觉脚下的路。心中那自由的世界，如此的清澈高远，盛开着永不凋零，蓝莲花。"

我与阿姨微笑着，在我心中，一朵蓝莲花，正悄悄开放。

○ 一生的朋友

一生的朋友，一生，只见一面。

旅行路上遇到的人，刹那的浓墨重彩，然后互道珍重，绝大部分，今生再无相见的可能。刚刚开始旅行的时候，对于这样的分别，不是没有惆怅。后来，慢慢习惯了，能够微笑地祝对方一路珍重，说些不咸不淡的 Be lucky 的话。可是，习惯不等于没有想念，不想念不代表会遗忘。

或许在兜兜转转之后，我依然会记得他们其中的几位，那已经成为生命中的印迹，是我生命的一部分。

在莲花旅馆，与老雷的相遇，完全是不打不相识。白天的莲花旅馆，住客都出去玩了，静静的院子里空无一人。我坐在栈桥上晒着伤口，听着音乐，闭目养神，表演着忧伤。突然，被一阵奇怪的诅咒声扰了清静：一个愤怒的老头，趿着一双脏兮兮的人字拖，对着一辆破单车，仿佛是对着背叛了自己的情人，喋喋不休地嘟囔着。更过分的是，老头听说我来自中国，脸色一沉，仿佛我欠了他十万美金。

我各种不爽，开始揶揄他："你运气真差，车子坏了，今天没法玩了，哈哈。"

老头反倒笑了："我从曼谷骑过来，单车有些小问题很正常。"

我有些吃惊，老头儿更得意了，说："这算什么，我先从吉隆坡骑到曼谷，又从曼谷骑到这里，然后骑到清迈，最后要骑到老挝。"

老头儿本名 Lei，姓 Winters，来自荷兰阿姆斯特丹，后来，我叫他老雷。

老雷旅行的方式是骑着单车漫无目的地游逛，他尤其喜欢在乡野间骑行。当旅馆的一大堆人人手一本 Lonely Planet 高谈阔论的时候，老雷总是迷惘得不知所措——他从来不去景点，不去寺庙，也不玩摄影。所以，莲花旅馆的白天，常常只有松松散散的老雷与我两

老雷每天都要写日记。

他说.

我们分别后,他要好好地写一篇。

人，老雷听了我的遭遇，当面儿总是嘻嘻哈哈地开着玩笑不以为意，但是，我总会在不经意间瞥见他关切的眼神。

我虽然没有骨折，但是身体多处严重擦伤，浑身缠着绷带，僵硬得如同一条风干的带鱼。有一次我拄着拐杖去旅馆附近的小饭店用餐，结果十几只野狗团团围着我狂吠，也许，这些家伙以为我拿的是打狗棒吧。我渐渐发现，老雷白天也不怎么出去骑车了，他仿佛永远在我眼前晃着。在我需要去洗手间，以及各种不方便的时候，他总是第一时间出现在我的面前。我那几天情绪不太稳定，有时常常开一些过重的玩笑，在旁人惊诧的眼神中，老雷总是假装很生气，做出一个要把我扔进湖里喂鱼的手势。

人在旅途，特别容易对陌生人打开心扉，即使是一个大混蛋，在美景中，在放松的心情中，心也会变得很柔软。宁静的莲花旅馆，老雷将他的一段段往事娓娓道来。

老雷这一年六十五岁，翻开他的人生履历，根本就是不靠谱的人类成长史，甚而有一些些传奇的色彩。在老雷还是小雷的时候，他有了第一任老婆，并且有了一个女儿。在女儿四岁多的时候，小雷的老婆大人终于无法忍受小雷的散漫人生，带着女儿离开了他。多年以后，他与女儿在阿姆斯特丹的一个咖啡馆不期而遇，女儿告诉他，自己也离婚了，带着一对龙凤胎。现在，这对龙凤胎已经八岁，只是老雷从未与他们相见。对于我的质疑，老雷撇了撇嘴，望着天空。大城的天空永远阳光灿烂，老雷的眼中却阴云片片。

在小雷成为中雷的时候，他有了第二任贤妻，又有了一个儿子。贤妻贤了几年，终于贤不下去了，这时的中雷其实挺踏实本分地有一份工作，但是这位贤妻过于爱慕钱财，中雷是无法满足她的。于是，离婚终是不可避免，贤妻把儿子也带走了，还冠了继父的姓。老雷至今耿耿于怀，说他的Winters曾经是一个非常贵族的姓，而这位继父，不过是一个庄园暴发户。2007年，老雷终于有机会和儿子一起去葡萄牙旅行，说起那段时光，老雷的眼神儿比大城的晚霞还要灼热。

荷兰与中国一样，都是自行车大国，只是荷兰人对于自行车运动的热爱，中国人绝对无法企及。第二次离婚的那一年，伤心的中雷开始骑着他的自行车，满世界游荡。

他已经连续二十多年，每年来一次泰国。原来，在二十多年前，老雷在泰国南部的一个小城骑车旅行时，遇到了车祸，他不相信泰国的医疗，选择在旅馆静养，旅馆隔壁的一个当地女孩常来照顾他，两人日久生情。于是，老雷每一年都来泰国南部看望她。

"我不相信婚姻，可是我依然相信爱情。"老雷耸耸肩，貌似自嘲，其实骄傲得不得了。"我这惨淡的人生啊，可是我这一生，真的很快乐！"

其实，老雷不爱任何人，包括这个泰国女孩。他只爱自己的生活方式，超出这个生活方式他都不情愿接受，单车就是他生活的翅膀，只有风才是他的方向。

终于，我决定要离开大城，去往泰国北部的素可泰。夜里，很多人都睡了，湖面泛着幽暗的夜光，静谧而忧伤。湖上的栈桥上，我们喝着一瓶又一瓶的老虎啤酒，如湖上的那些莲花一般无语。

"你的钱够花吗？"老雷打破沉默。

"不够，还差一万美金。"西方人对于金钱的概念一向非常清晰，我还一直取笑老雷小气，"go Dutch"就是从他老家来的。我怎么能够借他的钱，他的退休金原本微薄，在旅馆洗一公斤衣服只要三十泰铢，还不到一欧元，老雷却总是自己洗衣服。

"明天，你走后，我也要离开这里了。"我突然意识到，在这样一个小城，他居然待了这么多天！

我沉默，老雷接着说："我要谢谢你，通过与你这些天的交往，我对中国有了新的认识。我一直梦想着一条线路，从尼泊尔进入中国西藏，然后骑往北京。如果有一天，一个脏兮兮的老头敲你家的门，你可别装作不认识他。"

我教他用中国式的拉钩，相约下一次的重逢。老雷想说什么，却没有说出口。

第二天，终要离别，老雷送我上了去往汽车站的突突车，他抚着我的肩膀，眼光前所未有的深邃："苦难就像一块衣料，明白人将它裁成精美的衣服。这句话是一个美国作家说的，接下来，祝你好运。"

突突车开动了，尘烟四起，街边的那些野狗嚎叫着追着突突车一路狂奔。在泰国，1月也是盛夏，清晨的阳光噼里啪啦落在我头顶上，如此温暖。老雷在烟雾中扬起手笑着，我也扬起了手，却是想遮住自己，手背后的那张脸，终于泪如雨下。

CHAPTER 5
TURKEY

土耳其

以弗所·花儿与少年

○ 在路上邂逅一束花

　　一个头发花白的老头儿，穿着花毛衣，戴着厚厚的老花镜。他推着自行车，在晨光中笑眯眯地向我走来，和善的笑容怂恿我多拍了几张，老人微笑着示意我在这里等一会儿，然后就骑着车子弯回去了。几分钟后，自行车上多了一束漂亮的白花儿，老人微笑着将这束带着露珠，芬芳美丽的花儿送给我，比划着说这是他们家院子里自己种的。

　　土耳其，以弗所附近的小镇塞尔丘克，还有比这更美妙的早晨吗？

　　其实，我前一天的晚上是在夜车上度过的，从伊斯坦布尔开往以弗所，住在塞尔丘克的小旅馆。一晚上睡得非常不踏实，正寻思着是否补个回笼觉，但一步入旅馆的小院子，顿感鸟语花香。小院子布置得相当卡通，许许多多花尽心思的小细节营造出一个可爱的童话世界，而阳光，毫不吝啬地呵护着小院儿的每一个角落。我，精神一爽，

085

困意全无。

于是跟着旅馆的老板去小镇的市场买面包，我问他买什么面包，他很神秘地卖着关子："去了你就知道了，你随便挑选！"循着烤面包的香气，我们进入一个面包店，我立马兴奋了起来：圆的、方的、三角的、甜的、咸的、夹心的、带芝麻的甜甜圈……各式面包混合成魔幻般的香氛，将我包围起来，那种巨大的满足感，足以让我对生活充满感恩之情。

有工人在现场烤制面包，柜台里则是老板一家人。老板娘穿着天蓝色的民族服饰，言语间充满着土耳其女人少有的痛快；老板戴着眼镜，温文尔雅，倒像一位中学老师，面包就像是他的科研成果；小女儿热情地让我品尝各式面包，这一刻，吃什么面包好像已经没那么重要了。这样的小作坊，太让人着迷了。

然后，我在温暖的晨光中，在小鸟的鸣唱中四处蹓跶，就与这束美丽的花儿不期而遇。一个平常不过的早晨，因为这些微笑，变得如此温暖人心，浑身充满正能量。微笑很容易，但是它充满力量；微笑很不易，在我生活的城市，上一次见到陌生人的微笑，已经很久远了吧。

捧着花儿回旅馆的路上，一个小男孩吃力地拄着拐杖走过来。我把那束花，插在他的书包里，在他不解、惊喜、羞涩的笑容里，喜滋滋地扬长而去。

这天早晨，送花的老人临走时，用蹩脚的英语对我说："你快乐，所以我快乐。"我很想告诉他，在中国，我们也这样说，赠人玫瑰，手有余香。

○ **爱拍照的土耳其少年们**

花儿与少年，皆是人世间最美、最纯净、最灿烂、最美好的事物。

关于花儿的文字描写，我最喜欢的是这一段："如果你在银河遥望七月的礼镇，会看到一片盛开着的花朵。那花朵呈穗状，金钟般垂吊着，在星月下泛出迷幻的银灰色。当你敛声屏气倾听风儿吹拂它的温存之声时，你的灵魂却首先闻到了来自大地的一股经久不衰的芳菲之气，一缕凡俗的土豆花的香气。你不由在灿烂的天庭中落泪了，泪珠敲打着金钟般的花朵，发出错落有致的悦耳的回响，你为自己的前世曾悉心培育过这种花朵而感到欣慰。"

这是作家迟子建《亲亲土豆》中开篇的文字，它以浪漫而厚重的笔触，记叙了花儿与土地、与人的情感。这段文字对我的影响是如此深远，以至于我更加喜欢那些朴素的、不张扬的野花，因为野百合也有春天，因为上帝在造万花的同时，赋予它们同等的尊荣与美丽。

成长于黄土高坡的我，却从来没有见过土豆花，直到毕业后工作。20 世纪 90 年代，我的家乡依然有下乡扶贫的政策，那个偏僻的小山村里，极度缺水，除了土豆我们没别的可吃。就这样，早饭是洋芋，午饭是土豆，晚饭是山药蛋，整整吃了一年。我甚至和当地的老乡一起种土豆，真是简单之极，把一个土豆削成几块，扔到挖好的沟里，拿土埋上，就等着土地的回馈吧。当土豆花漫山遍野地开放时，我完全被那种赤裸的不加修饰的灿烂的美震撼了！原来，土豆真的可以开花，而那白色的花朵，真的如金钟般美丽。

村子里有一个小学校，只有三十几个学生，老师只有两位。每天早上 5 点半，朗朗的读书声就在村子里荡漾开来，那是带着乡土气息的普通话，极不标准，但是你能从老乡的脸上读出他们的希望，会让

088

089

你有一种莫名的感动。我曾奇怪为什么他们上学这么早，答案是孩子们下午两点半放学要帮家里干农活。一个偶然的机会，我惊讶地得知孩子们竟然不会唱歌，而且，一首歌都不会唱。于是，我自告奋勇，成为孩子们的音乐老师。

第一堂课是在一个阳光灿烂的下午，所有的孩子都拘谨地看着我，眼神空洞而茫然。窗外，一些家长听说省城来的干部要教小孩唱歌，也非常新奇地扒在玻璃窗上观望着。我教了两首歌，一首是《小燕子》，一首是《春天在哪里》，孩子们一开始不敢唱，但我分明看见他们的眼睛明亮起来。渐渐地，几个小女孩起头唱起来，孩子们渐渐露出笑容，他们的声音越来越明亮。歌声就是有这样神奇的魔力，也许他们透过歌声，已经看见山外那美丽的世界。而窗外的家长们已经完全惊呆了，纯朴的歌声就这样让这个小小的村庄亮起来……

一个小男孩突然飞快地跑出了教室，不一会儿，他捧着两个土豆递给我。此时正是新土豆收获的时节，火炉里烤过的土豆还冒着热气，撕开那层薄薄的皮，吹口气，沙沙的，甜甜的，原来，土豆也可以好吃得这么惊艳！一定是我的吃相太饕餮了，小男孩憨憨地笑了，其他孩子也哈哈地笑了。这些孩子，就如那片干涸的黄土地上盛开的土豆花一样，条件再艰苦，都奋力地伸展自己生命的姿态，给一点阳光，它们就灿烂得摄人心魄。

后来，我在世界各地旅行，很自然地将镜头对准孩子，特别是非发达国家的孩子，他们的眼神更加纯净，没有被"现代文明"所污染。那些清澈与透明，如同野地里绽放的花儿，让我一再地感受到世界的美好。

如果你想在镜头中留下花儿与孩子最美的瞬间，土耳其，就是你的天堂。

一提起郁金香,人们便会想起荷兰,因为它是荷兰的国花。不过,郁金香的英文名字 Tulip 就脱胎于土耳其 Tulbent 一词,意为"薄纱巾"。

在土耳其,郁金香无处不在,它不仅盛开在公园里和大街上,也是土耳其家庭最喜爱的花之一。郁金香从 12 世纪开始就被广泛用于图画、石刻、木雕、地毯、窗帘、服装等方面的装饰,其酒杯状的美妙造型和鲜艳夺目的美丽色彩,使它独占鳌头,成了土耳其人心中的最爱。就连奥斯曼的宫廷装饰中,用得最多的花草图案也是郁金香,人们还把它写进诗篇,编入歌词,赞美它的美丽、高贵和圣洁。

土耳其是鲜花的海洋,它是世界上植物物种最丰富的国家之一,生长着一万多种植物,其中三千多种属土耳其独有。不同的地理环境造就了千姿百态的花儿,而这片土地上的孩子,也和那些花儿一样,少年如花,花如少年。花儿盛放、含苞、羞涩、带刺儿……少年也盛放、含苞、羞涩、带刺儿,花儿是什么样的气质,少年亦是什么样的性格。

土耳其人是世界上最热情的民族,他们把中国叫作"秦",在镜头面前,无论男女老少,都会绽放出百分百灿烂的笑容,甚至会主动凑到镜头前要求拍照。中国人在土耳其常常会有 super star 的感觉,土耳其人本身是白色人种,所以对东方人更稀罕。他们最稀罕的是东方人的皮肤,没有那么多体毛,又那么细腻,对他们来说真是不可思议。后来,在一个偏僻的小山村,我"遭遇"到一位年近八旬的老太太,在她眼里,我完全是天外来客,老太太伸出她那满是皱纹的手,在我的胳膊上摸来摸去,喃喃自语,而我,早已经见怪不怪,坦

092

093

094

095

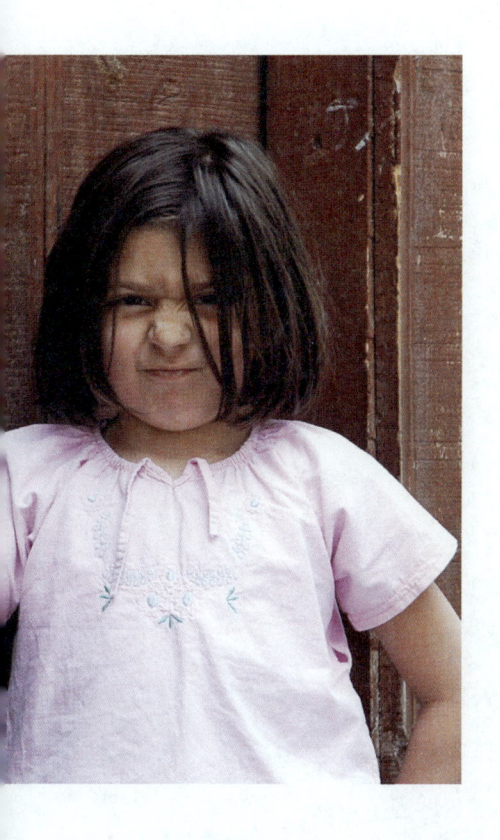

然微笑。

不过,在土耳其西南部的古城以弗所,我终于被当地孩子们的热情吓得落荒而逃。从罗马共和国开始,以弗所就是亚细亚省的省会,被誉为"亚洲第一个和最大的大都会"。它以阿尔忒弥斯神庙、图书馆和戏院著称。规模宏伟的露天戏院能容纳两万五千名观众,主要用来演出戏剧,在罗马晚期,角斗士表演也在戏院里举行。大型的遗址至今只挖掘了一小部分,但是窥一斑而知全豹,那原有的繁华是何等的壮观。

以弗所的标志性建筑,塞尔丘克图书馆遗址,是罗马人提贝留斯为纪念其父塞尔丘克统治以弗所而建的壮观建筑。据说,荷马、亚里士多德都曾在此写作教学,此处是当年世界三大图书馆之一。清晨的阳光,透过高大的廊柱,照在那些红灿灿的罂粟花上,缤纷得有些触目惊心,这样的氛围,特别会让人抚今追昔,怅然若失。

从旅馆所在的塞尔丘克小镇到以弗所遗址,有一段不算近的路程,我租了一辆三轮车前往。回去的时候,热情的司机询问我,是否可以绕一段路,送他的儿子去学校。我毫不犹豫地答应了,我完全是一只嗅觉灵敏的狗,隐隐地觉得,前方一定会有"富矿"出现!

离古罗马遗址不远的地方,有着小城中最大的学校,建筑的主色调是欢快的鹅黄色,在初夏的阳光里,学校里一片宁静。

但是,这片宁静,却被一个突如其来的东方人打破了。这家伙扛着架大相机,一脸坏笑,他的到来,引起了校园的阵阵骚动。同学们打量着他,女生们还在偷笑、低语,而男生,则毫不客气地围了上来——开玩笑,谁不知道,我们土耳其人最喜欢拍照了,看这个东方人,有点专业的样子,拍的照片应该比较靠谱,这样的机会,可不能错过!

于是,男孩子们,在女孩子们抑制的笑声中,勇往直前地、争先恐后地向我围过来,那堵鹅黄色的围墙前,一个,两个,三个,五个,简直成了拍照的背景墙。那些灿烂的笑脸,如花儿般盛开,炫目地刺花了我的眼睛。

"Photo,photo!"在一片photo的嘶喊声中,我突然感到一阵恐慌,因为热情的笑脸越来越多,每个孩子都拼命要扒着我的相机看拍摄效果,我的身上甚至会驮着一到两个孩子。眼瞅着要造成身体事故,我急忙找个空隙,一路跑着逃到了一个教室。

教室里的孩子一个个安静地、羞涩地看着我,我内心一阵甜蜜的宁静,总算能喘口气儿了!放松的结果是,我惬意地朝他们扮了一个鬼脸,而后果,则是灾难性的!太可怕了,不光是男孩子,连女孩子也穷凶极恶地扑了过来!!此时,他们就是凶神恶煞的小妖怪,而我,简直成了唐僧肉。

"啊!"一个怪异的声音难以置信地从我的嗓子里喊了出来,小小的震慑产生了瞬间的空当,我夹着相机落荒而逃,身后,是N多男孩女孩在穷追不舍。我逃跑的姿态虽然甚是不雅,但内心却充满胜利的甜蜜,我一路冲刺,终于逃出校门,胜利大逃亡,成功!

在后来土耳其的行程中,在一个人寂寞的长路上,在十个小时长长的无法入睡的夜车上,在高原刺骨的风中,那些孩子们的笑脸,温暖了我的整个旅程。

其实,温暖的,何止是一个旅程,更是整个人生。

CHAPTER 5. TURKEY

番红花城·眼下的幸福

○ **漫步在魔幻时光中**

我们常常看到的风景是：一个人总是仰望和羡慕着别人的幸福，一回头，却发现自己正被仰望和羡慕着。其实，每个人都是幸福的。只是，你的幸福，常常在别人眼里。

有时候幸福就在身边，只是自己未曾发觉，人总是觉得最好的时光在过去，而幸福却还没有到来。在土耳其的奥斯曼小镇番红花城，最打动我的，就是当地人的笑容，当地人信奉一个理念：不要追求比别人幸福，眼下的幸福就是最好的。

翻开番红花城的历史，发现它显赫的地位可以追溯至11世纪。番红花城最为繁荣鼎盛的时期是在奥斯曼帝国时代的14至17世纪左右，作为丝绸之路上的重镇，番红花城是一座以制作马鞍和皮具为主的商业城市，也正是其发达的手工制作工艺，为这座小镇带来了巨大的财富。

当我在黄昏金灿灿的光线中抵达番红花城时，正巧赶上一周一次的大集市。四方的乡亲们从山上、周边，赶着马车，驮着他们自产的农作物、小吃、手工艺品前来赶集，林林总总，眼花缭乱。更妙的是男人们都戴着阿凡提式的小帽，女人们穿着自己印染的花裙子，孩子们在迷宫一样的小巷子里穿梭奔跑，吆喝声更是此起彼伏，小清真寺的宣礼塔里还传来梦呓般的诵经声，这突如其来的梦幻景象，不真实得让我以为走进某个电影外景地。在金色的黄昏里，仿佛有一位高人在说："芝麻开门！"于是，我一头扎进了这一千零一夜的故事里。

趁着光线如此优美，我奔向小城的最高处 Hidirlik Parki，一个山顶的小公园。脚下踩着的，是四百年前铺成的石板路，路边所有的房子历史都在三百年以上，不管世事如何变迁，番红花城，谨慎而优雅地保留着它们，仿佛三百年光阴只是一瞬。

公元 17 到 19 世纪，番红花城臻至鼎盛，富裕的经济情况让当地居民得以追求较高的生活品质。木材曾是番红花城重要的贸易项目——造屋自然少不了木材。传统奥斯曼式的房舍，以木材架出整体结构，用石头、泥砖堆砌，屋顶铺上土耳其红瓦。立面往外突出延伸的部分不只有美学上的考量——多出来的空间用以摆设靠窗的座位，让居住者就近欣赏街景。窗户通常做成狭长的外形，并且尽可能增加数量，引发观者对于屋内空间的宽阔想象。如今，正是这些保存下来的数量巨大的奥斯曼时代的住宅，使得番红花城入选联合国世界文化遗产名录。

登到坡顶，整个番红花城尽在眼前。积木一般层层叠叠的房屋，在两山之间的峡谷地带错落有致地存在着，黄昏金灿灿的阳光，与家家户户老房子里的炊烟玩着光线游戏。对面山头矗立着重建中的旧官舍，以及从 1796 年就开始报时的钟塔。两百多年来，不论晴雨，每逢整点与半时，钟声就会传遍全城每个角落。钟声其实是一种提醒，在不断流逝的荏苒时光中，传统得以延续。

我看到的，明明是小镇世俗的生活，却又如此魔幻，如此童话。

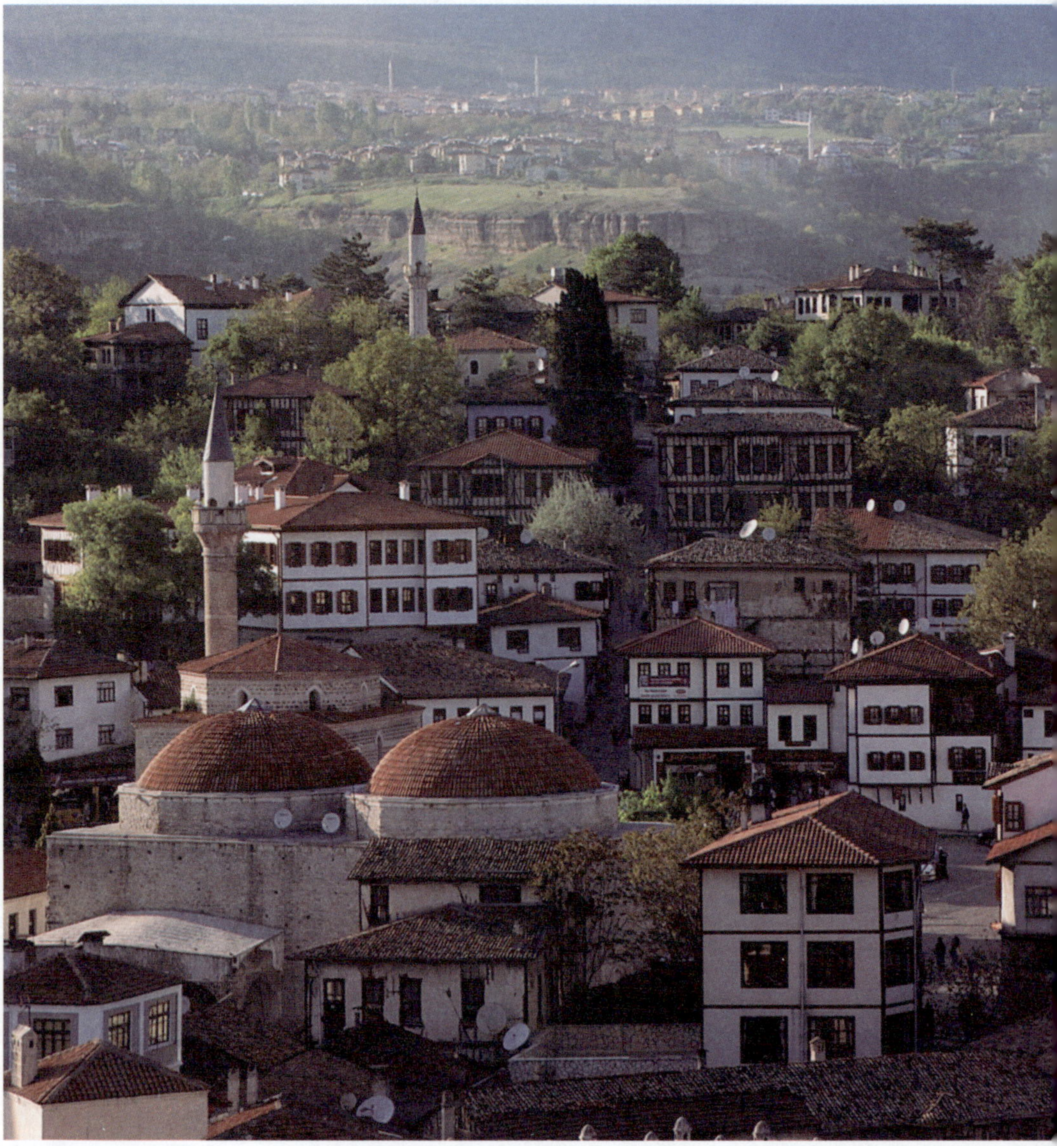

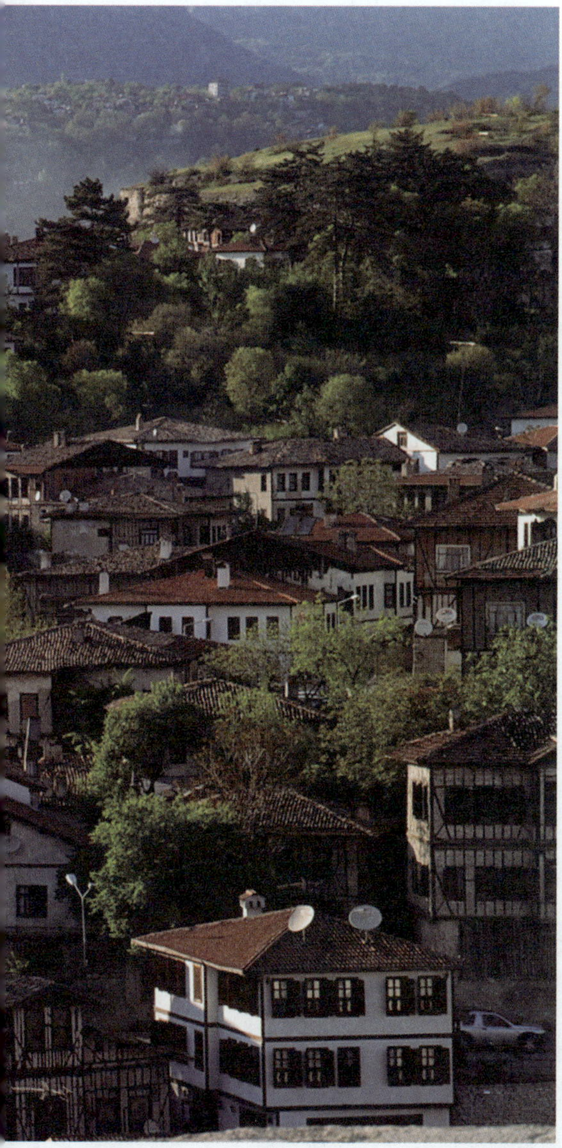

那一瞬间的震撼，为我打通了去往幸福大门的任督二脉，旅途中的巅峰体验，就此来临。

○ 纯净的喧嚣

番红花城最大的清真寺，穆罕默德帕夏清真寺建于1661年。相比伊斯坦布尔的那些大清真寺，它并无多少特别之处。吸引我的，是那些清真寺前，做小净的穆斯林们。水，在许多人看来是极普通的物质，但是，伊斯兰教却认为水代表了真主的无限宏恩。先知穆罕默德说："清洁是信仰的一半。"穆斯林净身的方式有两种：一是小净，每次礼拜前必须漱口、呛鼻、洗脸、洗手和臂、摩头、洗脚。圣训说，小净是净身，也是净心。排除一切杂念和胡思乱想，集中思想忏悔和祈祷。穆斯林每天的五次拜功，都必须进行小净。全身淋浴的大净，则规定每个星期最少应当做一次。

任何一个清真寺，无论大小，都会有专门的净手池。而土耳其的大街小巷，也常常有雕刻着精美伊斯兰花纹的净手池，有的池子已有几百年的历史，风雨沧桑后显出几分落败，但依然有一种雕刻时光的美感。随时随地可以做小净，也意味着随时可以与他们的先知做心灵沟通，世俗的烦恼与喧嚣，就这样得以化解。

番红花城的巴扎（集市的意思），与土耳其的其他地方一样，贩卖的多是银器、铜器、玻璃制品和猫眼儿。说到绝活，最惹眼的就是那些卖冰淇淋的。街头的冰淇淋摊一律是现场制作，小摊上堆着山一样高的空蛋筒。大师傅挥舞着手里的棍子，一边吆喝，一边在一个金属桶里使劲地搅拌。忽然，他的棍子拐了个小弯，一挑一提，上面便挂上了一坨像面团一样的东西。面团在棍子上飞舞、颤晃、摇晃，但

103

104

绝不会掉下来,让人眼花缭乱,煞是好看。

土耳其冰淇淋最迷人的地方,就是它的韧性。这里天气酷热,大碗的冰淇淋往往没吃几口就化了,当地人不甘心浪费,就想方设法地让它凝固起来。最早的时候,土耳其人靠拼命搅拌,让冰淇淋变稠,后来,不知哪个聪明人,发现了一种兰花,其根部的汁液有神奇的增稠功能。于是,人们在煮牛奶的过程中,加入这种汁液,加糖慢慢熬,再冷却,最后再努力搅拌一通,世界上最具韧性的冰淇淋便做成了。所以,在土耳其,吃冰淇淋的时候,给你准备的不是勺子,而是刀叉,没关系,一刀一刀慢慢砍吧!

万万没想到,在土耳其,竟然也有麻将!古城到处都支着麻将桌儿,老汉们戴着帽子,人人一杯茶,不紧不慢地搓着麻将,那份舒坦劲儿,就是比在欧洲的咖啡馆晒着太阳看着报纸的人们来得亲切!

作为中国人,自然要上前打量、研究一番。土耳其麻将介于中国式麻将和桥牌之间,数字使用一至十三,牌为多米诺骨牌大小,分红、蓝、黄、绿四种,码在两层木制牌架上,置于手边。然后从牌堆里拿出一个出牌,别人也可以叫,同麻将一样。但丢掉的牌接二连三码得很快,搞不清此前丢了什么,细微之处的名堂还没弄明白,反正一个人的牌凑齐了就一局终了。

老年人就一定要凑热闹,形单影只总让人看起来晚景凄凉。不过,凑不成牌局也没关系,大可以去理发馆逍遥一番。中东人的胡须非常浓密,他们隔三岔五就得去小理发馆刮一次胡子,最常见的情形,就是涂了一下巴的白色泡沫的人,乖乖地斜躺在那里,任理发师操刀宰割。看那些人逍遥自得的神情,倒是与四川掏耳朵的人有几分神似之处。

106

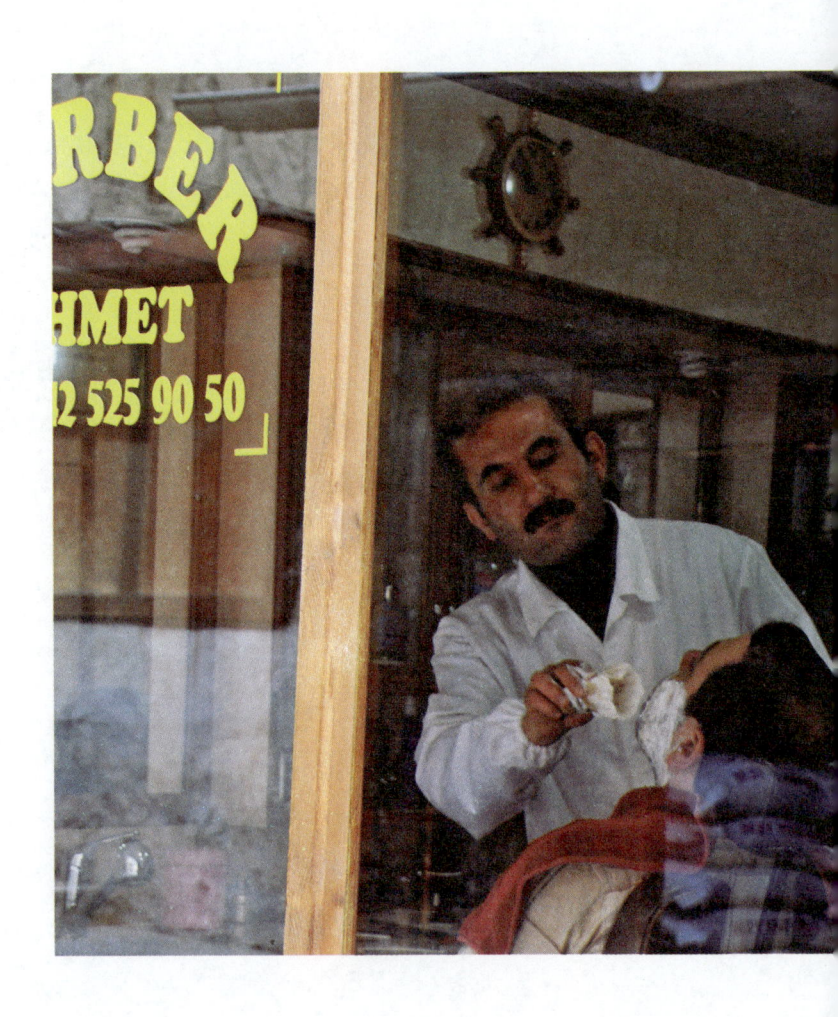

土耳其的理发馆，最特别之处在于，永远不会有女顾客。伊斯兰国家的妇女，人人都蒙着围巾，连头发都不可以给外人看，更何况在大庭广众之下剪头发。于是，这里自然就成为糟老头的扎堆场所，常常有一众大胡子老头，在理发馆的凳子上一字排开，人手一小杯恰伊茶，手舞足蹈，笑逐颜开。理发馆的门面通常很小，也往往只有一位师傅在那里，可是，它小得很怀旧，很淳朴，很邻里。当我们的高楼大厦越来越多，你就可以理解，我在看到这样的小小理发馆时的会心一笑。

前不久，偶然看到一组图片，那是1983年，美国摄影师镜头下的中国。那时的中国好美，一个城市一个样儿，依然留存着古典的气韵。而如今，市井之际，很多熟悉的景象荡然无存。拆去的，不仅仅是老房子，还有我们的记忆，我们的传统。

中国传统文化博大精深，蕴含着丰富的精神资源，儒家所倡导的幸福观在中国传统伦理文化中占有统治地位，对中国人追求幸福生活的影响最为深远。渐渐远去的传统，让我们对幸福的追求变成无源之水。也许，你很快乐，但，那不是幸福。

CHAPTER 6
IRAN

伊朗

伊斯法罕 · 遗失的美好

　　四十度的艳阳下，伊朗，伊斯法罕偌大的伊玛姆广场，空气中没有一丝风，四周金碧辉煌的清真寺围合成的四方体，如同一个烤炉。看到广场中央的喷水池，我心情为之一振，但是我不敢太兴奋，生怕我脆弱得几乎要脱水的身体，承担不了我的兴奋。主啊，在我昏厥之前，让我慢慢地挪过去，让那些清凉的水来唤醒我吧。

　　一个小男孩，不到十岁的样子，泡在水池中，他乌黑的大眼睛，目不转睛地看着我，清澈、透明，还闪烁着一些小倔强。水池中，几乎所有的孩子都在叫喊着、嬉戏着、追逐着。唯有他，只是一个人，安静地，或者说有些孤单地泡在一个角落，多少显得有些不合群。当我把镜头对准他的时候，他始终勇敢地看着镜头，眼睛一眨不眨，直到最后，终于露出羞怯的笑容。

　　在伊朗，让我最感慨的，就是这些孩子们的笑颜，比这里的阳光还要炽热、灿烂，闪耀着质朴的光芒。没有像样的玩具与游乐设施，

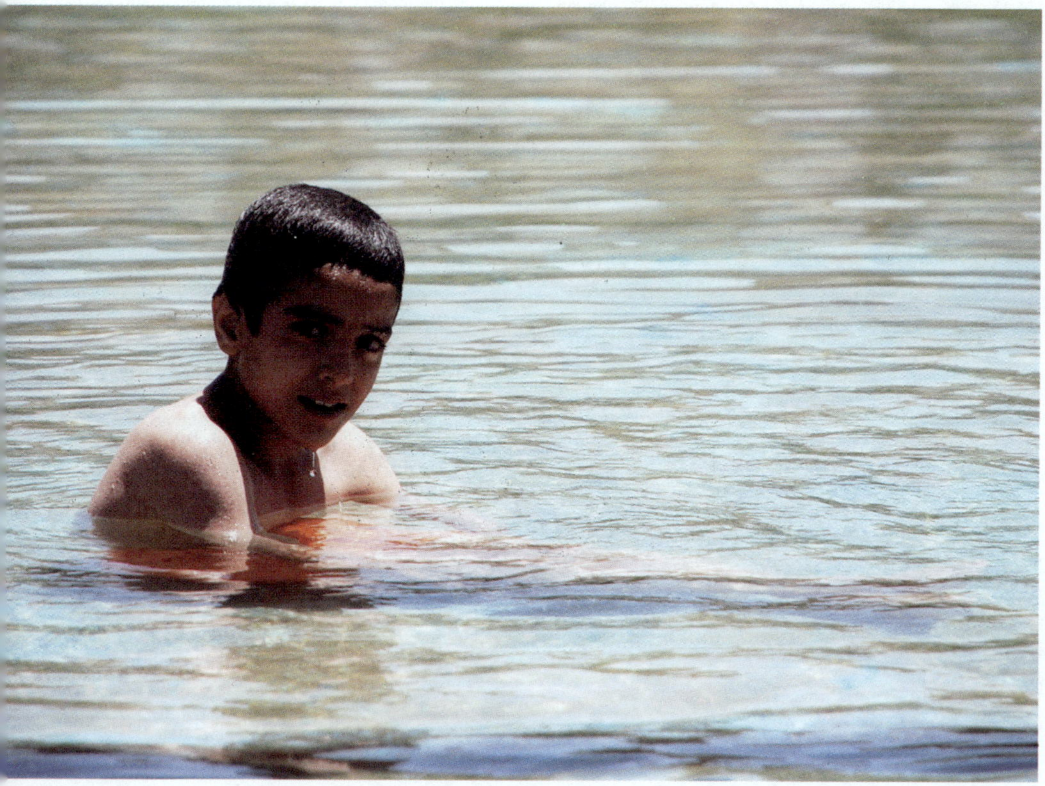

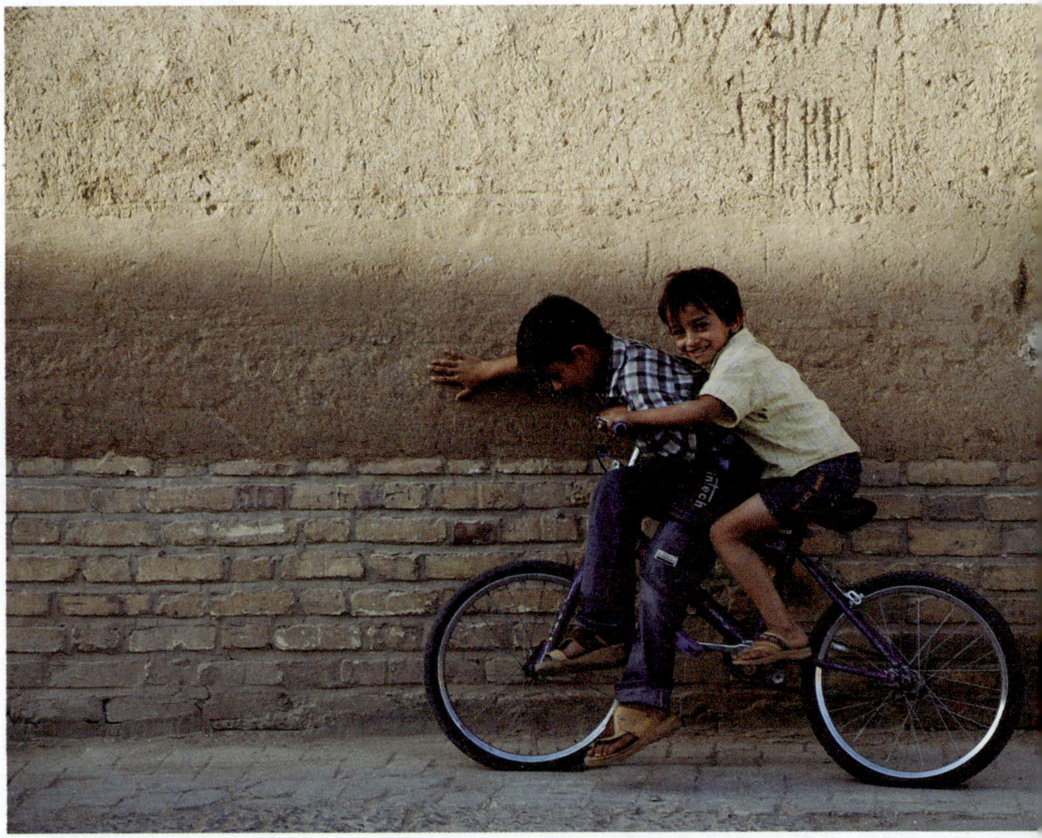

111

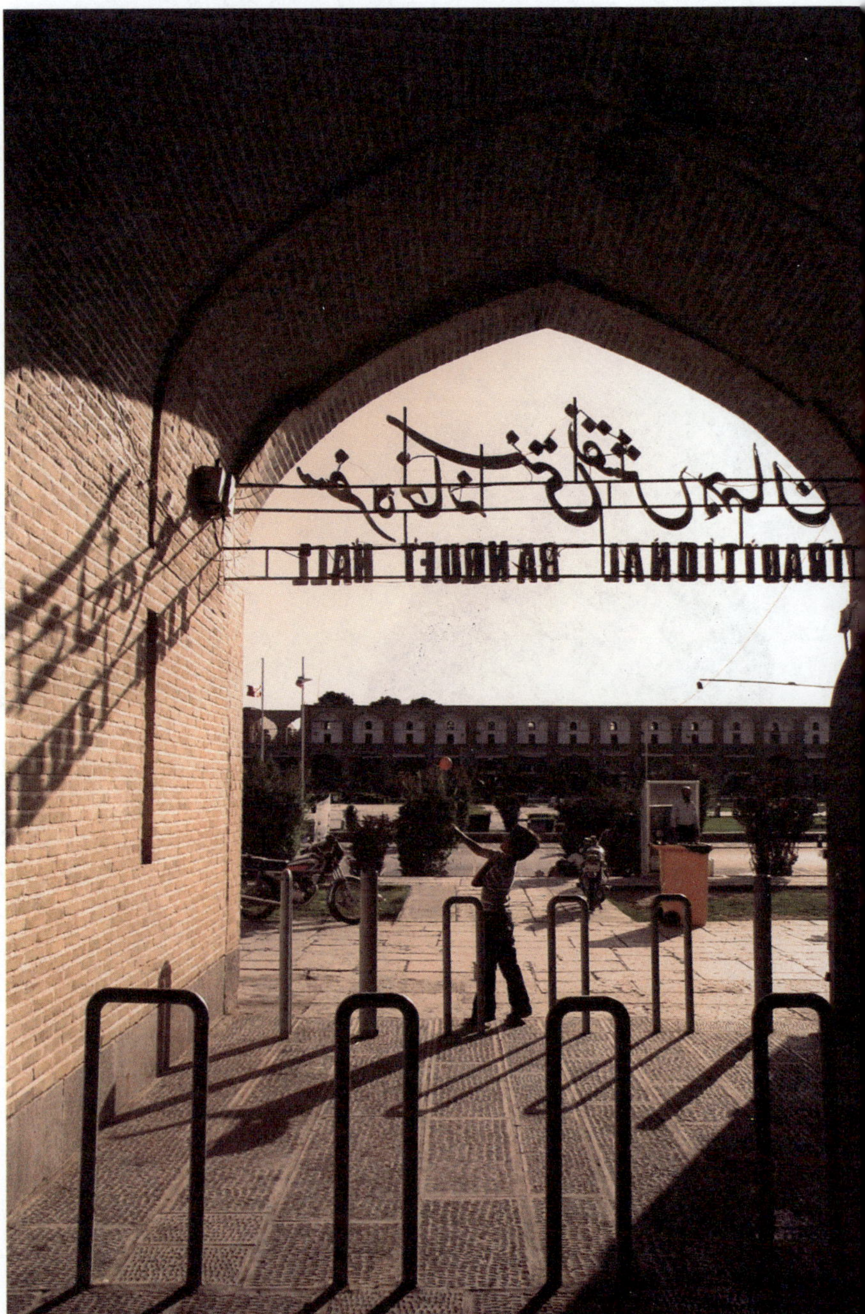

但他们一样开心。小小的年纪便身背重担，但他们的眼睛里看不到一丝世俗的尘埃，如此纯净。

池子里的孩子们，陆陆续续地上来了，一个个穿上色彩明亮的T恤与衬衫。而那个黑眼睛男孩穿的，则是一件看起来是家里缝制的土布棉衫，他脏兮兮的鞋子，已经破旧得几乎要散架，鞋帮与鞋面已经分离，处处都是磨出的毛边。

电影《小鞋子》当中的场景，就这样猝不及防地呈现在眼前，蒙太奇般地闪回：小哥哥阿里贪玩，把妹妹唯一的一双鞋弄丢了。父亲工作很辛苦，母亲重病，家里实在没有余钱买一双鞋。九岁，本应该是无忧无虑的童年，就像阿里在富人区见到的那个小孩子一样，抱着自己的玩具熊在藤椅上荡着秋千，贫民家庭的阿里却过早地承担起作为一个家庭成员的义务，同时他也懂得了一个家庭最宝贵的情感便是爱与责任。学校举办长跑比赛，季军的奖品是一双新鞋子。从未受过专业训练的他，一不留神得了第一名，得了第一名的小哥哥却在镜头前哭成了个泪人。阿里回到家里，把满是血泡的脚泡在水池里，水里的鱼纷纷游过来，触碰那一双小脚，这是全片最为宁静的时刻，亦是最打动人心的时刻。

小时候，学校举行运动会或是其他的大型活动，常常要求穿一件白衬衫。那时，家里不富裕，仅有的那件白衬衫，是改自姐姐的旧衣，它已经旧成米黄色，还有隐隐的蕾丝花边。每次有活动的时候，我都惶惶不可终日，那根本不易察觉的小花边是一个过于沉重的秘密。终于，有一次，我拒绝再穿上它，夏天的午后，被老师罚站在操场上，知了在鸣叫，太阳似乎永远不会落山，我手里握着的那件衬衫，几乎能握出水来。

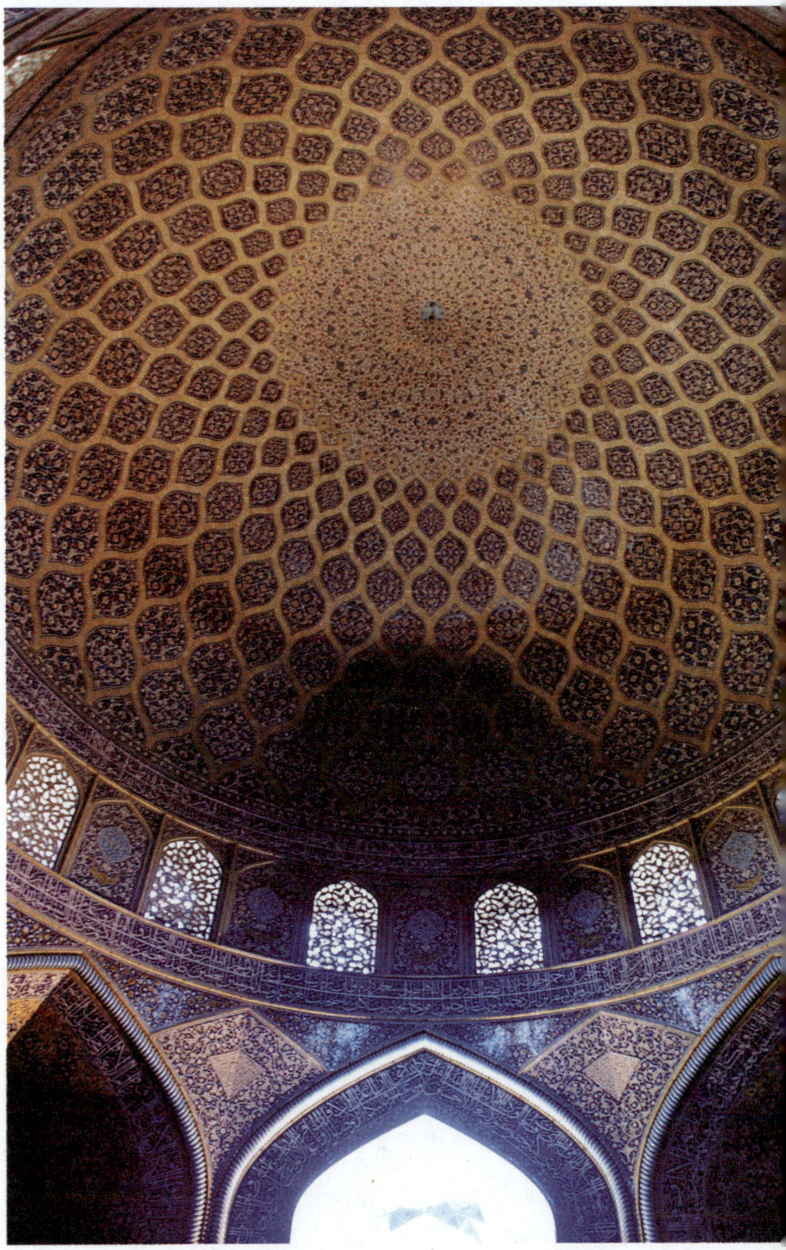

伊玛姆广场的四周，是中东地区最大的拱形"巴扎"，商店和摊位林林总总，足有上千个之多。镶嵌画、雕刻、银器、铜器、陶器、绸缎、地毯等伊朗驰名的工艺品，摆放得琳琅满目。当年，这里是展示帝国繁荣富庶的一个窗口，至今仍长盛不衰。牵着"黑眼睛"的手，我们穿过一个又一个的拱廊，如同在迷宫穿梭。终于，我看到一个卖鞋的摊子，我打着手语问他喜欢哪一双。"黑眼睛"有些不知所措，只是拼命地摇着头，我示意摊主拿一双白色的运动鞋给他，他犹豫地接过鞋，嘴角终于露出笑容。付过钱之后，我没有再多说什么，只是微笑着冲他点点头，便一个人离去了。帮助一个人，做一些善举，要风轻云淡，对方接受到的好意，是有重量的，你要轻轻地拿，轻轻地放，这样对方才不会有负担。

在伊朗，有这样的谚语："伊斯法罕半天下"，意思是在伊斯法罕转一圈，相当于游历了半个世界，可见历史上伊斯法罕的辉煌与繁盛。阿巴斯是一位有作为的君王，他当政四十一年，把伊斯法罕建设成了一座崭新的城市。市内有一百六十二座清真寺，常住人口超过五十万，成为当时世界上最大的城市之一。而当年破败的小广场，在阿巴斯的主持下，扩展成一个总面积超过八万平方米的伊玛姆广场，其面积仅次于我国的天安门广场。

伊玛姆广场被当地人称为"世界景象公园"，广场及其周围的建筑群是伊朗的骄傲，也是波斯伊斯兰文明最优秀和最灿烂的体现。广场东面是谢克·鲁特弗拉清真寺，它规模不大，但造型精巧别致，没有传统的宣礼塔，从柱脚到穹顶都使用马赛克琉璃瓦镶嵌。一般清真寺外部的基色是粉白或浅蓝，而这座清真寺却是浅黄，在阳光照射下变幻出由乳白到粉红的不同色调。广场西边是名为阿里·卡普宫的宫殿，这是阿巴斯大帝宴请贵宾和使节的地方。宫殿的主体是一座高五十三米的六层建筑，每层都有许多大小不一的房间，每个房间的天花板和墙壁都有不同的装饰。宫殿的侧面有一个由十八根柱子支撑的观礼台，从那里可俯视整个广场。

最引人注目的建筑，就是广场南边的帝王清真寺。在伊朗，我已经见过了太多宏伟的清真寺，但帝王清真寺的辉煌壮丽，依然让我大为震惊。清真寺外高五十二米，内高三十八米，基石全部用大理石，拱顶和两个高四十八米的宣礼塔镶嵌着蓝色的瓷砖，同以黄色为基调的城市形成鲜明对照。那精致的墙壁上的图案是工匠们细心雕琢好后，一块一块拼上去的，尤其是伊斯兰式雕花的窗饰，当阳光从此穿透进来时，给人以无限的遐想。

清真寺的天花板，繁复的图案极尽繁华之能事，美得让人目眩神迷，阿巴斯给予建筑师们充分的想象空间来展示他们的才华。寺内大厅音响效果极佳，站在中央面对任何角落轻声说话，其他人都可以清晰地听到。而一位长者，穿戴整齐，表情庄严，他站在圆形屋顶的正下方，开始高声吟唱古兰经。雄浑的歌声，却有一种梦呓般的不真实感，阳光从头顶的花窗照射下来，向上望去，屋顶是如此高高在上，仿似天堂。心里，是如此宁静，一个没有信仰的被抛弃的孩子，在此刻找到了归宿。

一个孩子突然映入我的眼帘，他脚上白色的鞋子，在这光线有些昏暗的清真寺内，显得如此耀眼，竟然是"黑眼睛"！他在寺内东张西望，看到我的一瞬，他如释重负地笑了，脸上，全是亮晶晶的汗水，嘴里还微微喘着粗气。这么大的广场，这么多的寺庙，这么闷热的天儿，不知他跑了多少路，才找到我。他塞给我一个小塑料袋，我打开一看，是无花果干，卖相不是很好，却兀自散发着淡淡的清甜。看他的手势，应该是自家院里种、自家晒制的果干。我忙不迭地拿起一个丢进嘴里，并给了他一个赞许的微笑，他本是紧张、局促的脸上绽放出如太阳光芒般的笑容，将寺内的昏暗一扫而光。

少一份物质，就多一份快乐，当我们什么都不缺的时候，其实也遗失了太多的美好。想要的有那么多，却再也不会为得不到的一双童年的小鞋子而兴奋，而哭泣。回不去的童年，回不去的纯粹。这双纯粹的"黑眼睛"笑意盈盈地看着我。而我，早已泪流满面，将脸埋在那堆无花果干中，久久不敢抬头。

CHAPTER 7
NORTH EUROPE

北欧

挪威
卑尔根 · 幸福，可以如此简单

　　北欧，一直是我心中的隐秘花园，除了它的自然环境，还因为这一方土地独有的恬淡气质。在冬天，一天的阳光只有短暂的一个小时，漫长的冬夜让北欧人无师自通地掌握了一种本领，那就是找到一种方法，驱走寒冬，找到快乐。

　　漫步在挪威第二大城市卑尔根，我试图找到这把通往幸福大门的钥匙。仅仅是 5 月的初夏，北欧的日光却早已按捺不住。第一天的卑尔根，因为时差的关系，我清晨 4 点便醒来，而酒店对面的那一湾海水，已善解人意地披上一层浅浅的霞光。受大西洋暖流的影响，卑尔根是欧洲著名的"雨都"，一年三百六十五天有三百天是阴天。在卑尔根有个笑话，有个游客问当地一名男孩雨何时会停，男孩摇摇头回答："不知道，我只有十二岁。"幸运如我，竟然拥有这样一个美妙的晨光明媚的早晨。在挪威的森林与水边，听一曲北欧的民谣，我才

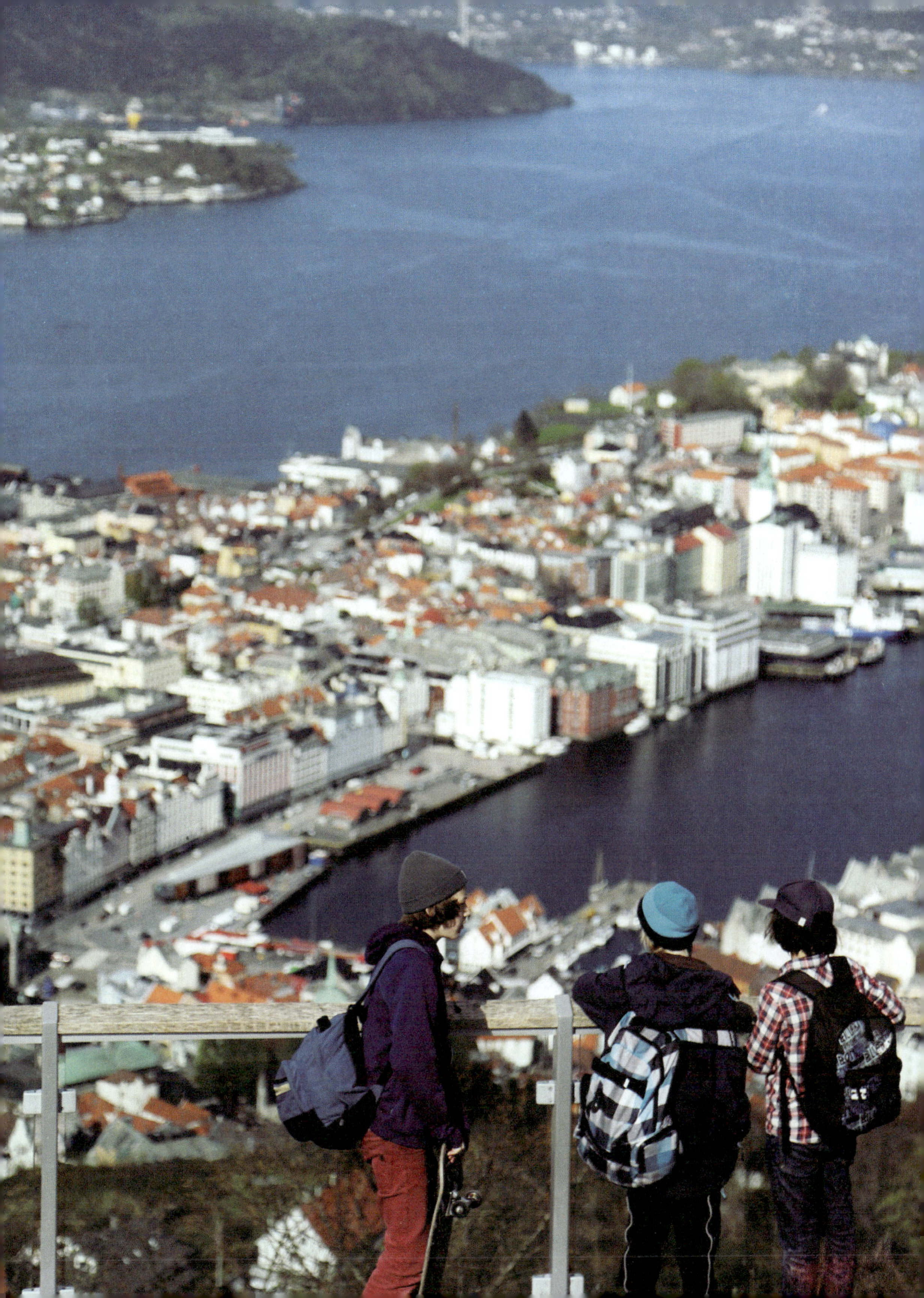

知道，原来这才是不矫情的内涵丰富的清新。

卑尔根这座古城于1070年由国王奥拉夫三世建成，在12至13世纪时曾是挪威的首都，在整个中世纪，它都是斯堪的纳维亚半岛的最大港口和贸易中心。直到今天，卑尔根仍然是挪威最重要的渔业中心。挪威长达两万多公里的海岸线、水质清澈的峡湾和寒冷的气候，为鱼类的生长提供了得天独厚的自然条件。在老城区，除了布里根那些古老的木屋，最吸引人的，就是大名鼎鼎的露天鱼市场了。

循着三文鱼的气息，我来到一个离卑尔根市区不远的小镇。那里有一处鲜花盛开的山坡，从山坡上四望，视野极为开阔。浅浅的山谷，绿色的森林，宁静的湖泊，Fredrik Hald一家就生活在这里。这是一所有半个世纪以上历史的房子，房子以及室内装饰的颜色，都是白色。我一直对于北欧人喜欢用白色为房子的主色调不太理解，漫长的冬日，四处都盖着厚厚的白雪，房子依然选择白色，会不会太过单调和清冷？但是在Fredrik家，当阳光透过那巨大的玻璃窗，暖暖地照进来时，我突然就明白了，这样的白色，是一种对自然环境的友好，一种对冬雪的亲切，亦是一种理直气壮的直抒胸襟。白色，也可以很温暖；白色，也可以简约而不简单。这样的色调，也像挪威人的性格，恬淡、宁静，甚而有些羞涩。

主人Fredrik的曾祖父是当年挪威皇室的御厨，其家族独特的烹饪技艺代代相传。Fredrik作为第四代传人，也曾经为挪威皇室工作过。在2001年，Fredrik获得当年挪威唯一的"大厨"称号，他同时也是美食畅销书作家。目前他是挪威著名海产公司LEROY的菜品开发师，这项工作更加有意义，可以把美味传递给更多的人。

Fredrik有三个儿子，在他们家美美的厨房里，Fredrik麻

121

122

123

124

利地烹饪着三文鱼和鳕鱼，大儿子则很熟练地打下手。他那些有关烹饪的过于专业的絮絮叨叨我没全明白，可是那些散发出的香味，我完全领会了。北欧人对于设计与装饰的热爱，即使在厨房也体现得淋漓尽致。橱柜旁的窗台上，那个经典的青花茶壶，一眼便知是皇家哥本哈根的瓷器。而厨房的一角，可以很方便地吃早餐或是简餐。宽敞的沙发，随意插在瓶中的野花，温馨的照片墙，无不体现着浓浓的亲情。

阳光透过大玻璃窗洒进来，窗外是迷人的森林与山景。北欧的装修通常与历史、宗教、家族荣光无关，而是充满了森林、海洋、原野的气息，墙上很少挂古典主义的油画，取而代之的是现代风格的简洁线条。家具的线条同样简洁，再配上几把新古典主义的椅子，那种清新而不失厚重的气氛便呼之欲出。Fredrik的太太只是微笑，即使在我告诉她，我是如何喜欢她家的装饰风格之后，她也不会滔滔不绝地说个不停。

阳光依然照进来，女主人在粗犷的原木餐桌上，铺上了台布，摆上了花儿与餐具，一家人轻声浅笑，边吃边聊。主菜自然是三文鱼。挪威的钓鱼传统从维京时代就已经开始，钓鱼古老的技术流传至今，有着"冰洋之王"美誉的挪威三文鱼，颇受全球厨师和美食家的青睐。Fredrik的烹饪方法，会让人明白何为"少即是多"。比方说这道酸奶油配香煎三文鱼，酸奶油酱料里放了切碎的莳萝（即我们常说的小茴香），调入少许盐和黑胡椒碎，再搭配煮好的土豆。再比如说培根豌豆配鳕鱼这道菜，把鳕鱼放在加了柠檬、黑胡椒碎、盐的水中煮熟，再煮熟豌豆和培根，加入黄油、盐和黑胡椒煮成浓汁淋在煮好的鳕鱼上，这道菜就完成了，而鳕鱼在培根的滋润下变得更加美味。

品味着这些简单却美味的海鲜，我突然意识到，北欧人的幸福，就和这盘中的美食一样：少即是多。自2001年起，挪威已连续多年被联合国评为最适宜居住的国家，并于2009年、2010年连续获得全球人类发展指数第一的排名。Fredrik 一家即是生动的写照，他们一家人，只是在平平淡淡地吃饭、聊天、在阳台逗狗狗玩，可是这样的从容淡定，在我这样的旁人看来，却是一场暗调华丽、大而至简的幸福。

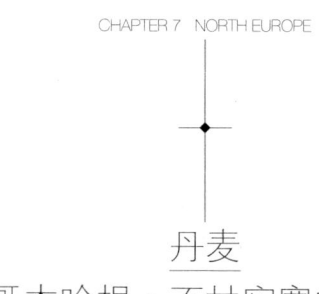

CHAPTER 7　NORTH EUROPE

丹麦
哥本哈根·不甘寂寞的灯光

我在哥本哈根住的酒店，在一条宁静的、古老的小街中。因为时差的关系，刚去的前两天，每天三四点便醒来。打开窗帘，北欧的冬夜，虽是城市，依然可以感觉到天空的深邃与浩渺，在那一方沉静的苍穹下，有几点不甘寂寞的灯光。而我房间的对面，一街之隔，窗口有两盏灯，简约却有一些卓尔不群的艺术范儿，夜夜，它们亮着。后来，我便很好奇从这间房出来的，会是怎样的一个人。

后来的一天，我真的看到一个无声的人影，在清晨不到 8 点的时候，推着一辆单车，骑向茫茫的远未破晓的街道中。那一刻，她是谁已经不再重要，她是这个城市的一分子，与更多的人一样，汇入一条条黑色的车流。上班的人，上学的孩子，如一条无声流动的河。清晨 8 点，河上的天空依然有一轮明月；清晨 8 点，石桥一侧的圣诞树依然灯光闪耀。竟让我想起上学时，上早自习的冬夜，骑着一辆破永久，驶向同样茫茫的晨夜中。我想，就是在那一刻，哥本哈根走进了我心里。

有那么两天，早上快 9 点的时候，北欧的天空终于有些亮起来的意思了，甚至还慷慨地洒下金色的阳光。河边的树们没了叶子，但依然干枯得非常好看，河对岸的彩色房子在晨光中精神抖擞，气宇轩昂。除了河边跑步的人们，哥本哈根特有的自行车道上，也是车流如河，好几次我拍照时，险些被撞。当地的朋友后来告诉我："一定要小心单车，在这个城市，骑车的人都是KING！"是啊，欧洲的单车王国，除了阿姆斯特丹，还有哥本哈根。

更多的时候，天空都是灰蒙蒙的，可我就是喜欢冬天的北欧。这一年享受了太多的阳光，所以觉得冬天北欧的清冷也很有味道。再冷，在咖啡馆喝一杯，便暖和了。玻璃上满是雾气，窗外的灯火朦朦胧胧，那时候，幸福指数倍增。即使没有温暖的阳光，但是这种寂寥、这种清远、这种苍茫，同样是丰盈的、厚实的、滋味悠长的。

下午还不到4点，天就黑得不成样子，街上那些充满设计感的小店门口，都体贴地摆放上一盏盏小灯，或是蜡烛，或是灯泡，甚至就是明火。夜里，街上的人反而多了起来，白天些许凄楚的天光，被温暖的灯光代替。原来在这儿，白天真的不懂夜的黑，不懂黑夜里的那些柔媚与美好。去过好几家餐厅，同样为那种简约的设计所折服，一不留神屁屁下坐着的，就是Fritz Hansen的设计，桌子上摆着的灯，就是Illums Bolighus。在铺着白色毛皮的椅子上，壁炉里的柴火嘶嘶地燃烧着，人们轻声浅笑着，有着北欧人特有的低调与小温情。丹麦位于斯堪的那维亚地区，漫长的冬季孕育出了一个强烈的意念：创造温馨舒适的生活环境。在这里，任何一件设计作品都可以被看成是一种对品质生活的解读。

位于步行街广场上的皇家哥本哈根（Royal Copenhagen），就是丹麦设计的一个缩影。皇家哥本哈根陶瓷厂是丹麦最好的瓷器工厂，每件瓷器都是陶瓷艺术家以传统手工绘制的，栩栩如生，无可

129

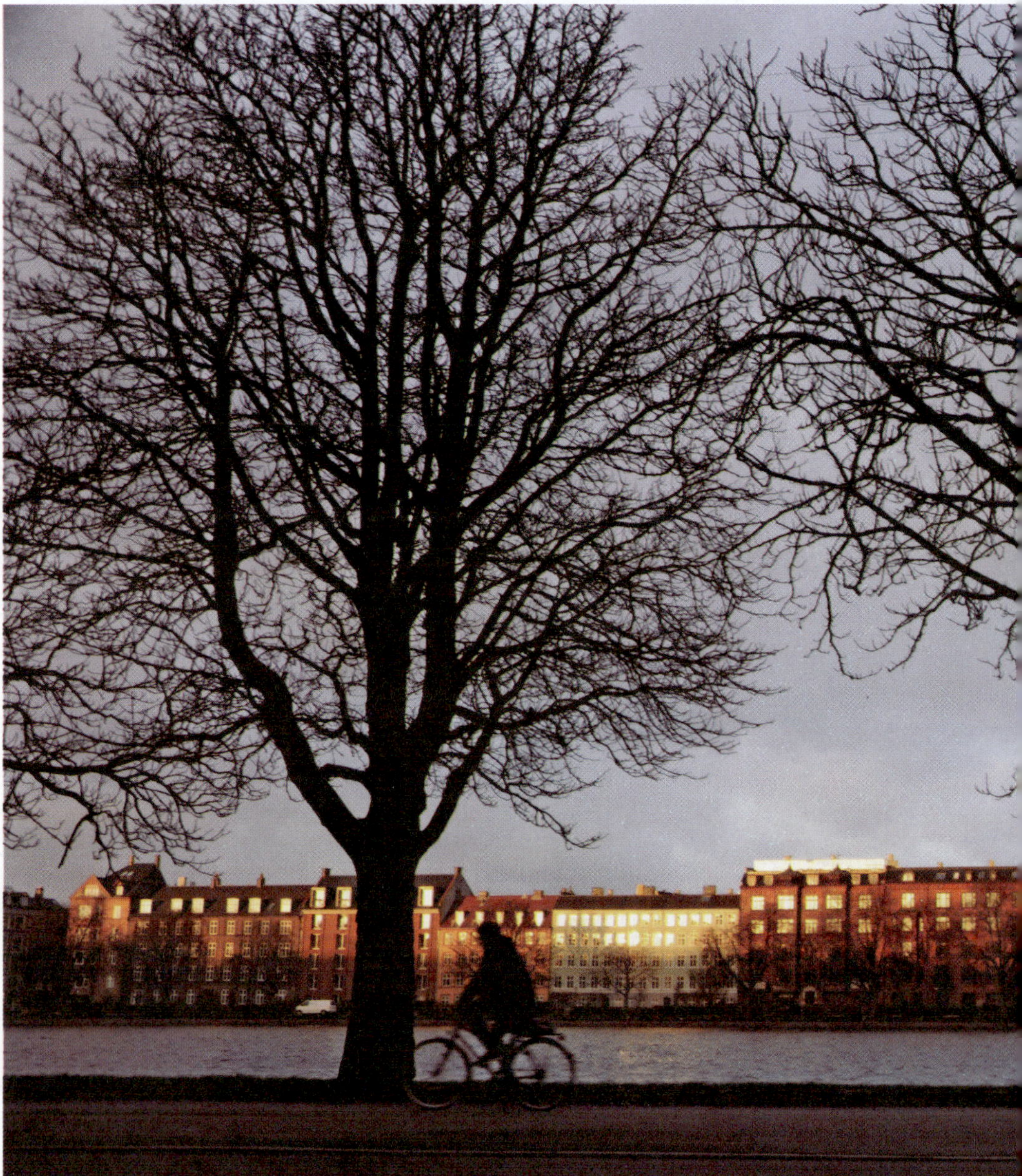

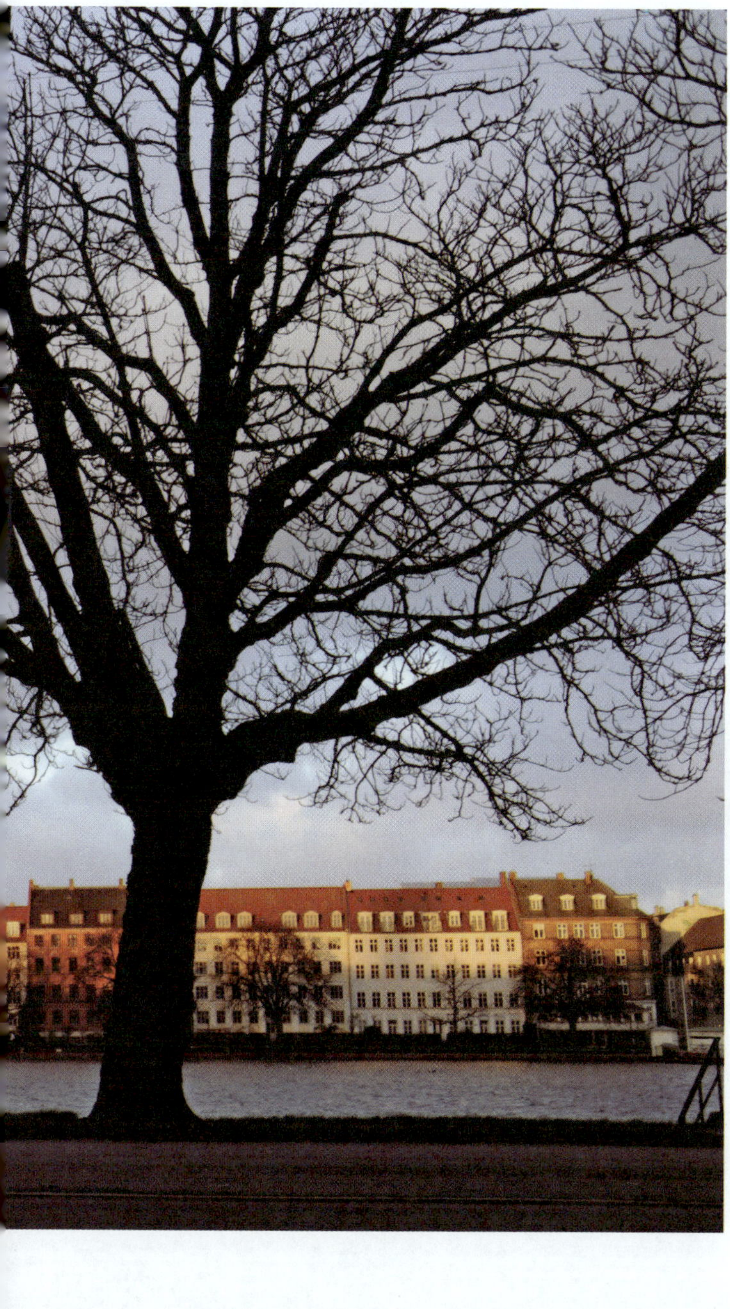

复制。高度的艺术涵养结合精致典雅的设计，精心制造出瓷器中的稀世珍宝。当你手握一件皇家哥本哈根的瓷器作品仔细端详时，不禁会惊叹于这件历经了三十道工序，由三十名以上的艺术家和工匠合力完成的杰作。

皇家哥本哈根，是由丹麦皇后茱莉安·玛莉于1775年5月1日在哥本哈根创立的。标志上的皇冠代表皇家御用的无上权威，三条波浪线则代表围绕丹麦的三条海峡。在1790年，皇家哥本哈根制造了现在出名的丹麦之花，其特色在于：蓝色涂料、镶金边和丹麦花卉图案。无论是造型还是工艺，都和中国的青花有几分相似。

圣诞之际，皇家哥本哈根与城中最有名的设计师，以及当地最有人气的店铺，联手打造了六张风格各异的圣诞餐桌。例如有一张，是由城中历史最悠久的、最有人气的点心店 La glace 精心打造的。在欧洲的每一个城市，都有一个当地人心知肚明的小秘密，就是城中最好吃的点心店。创建于1870年的家族经营的 La glace，无疑是此中翘楚。缤纷、热烈的圣诞餐桌上，摆满了各式各样的小点心，而最夺人眼球的，就是几只憨态可掬的小猪点心。与中国人一样，在所有的肉类中，丹麦人最喜欢吃猪肉，所以小猪才成为耀眼的头牌。设计、传统、风俗、本土元素，它们联起手来，含情脉脉，温暖人心。

哥本哈根，不是那种第一眼就让人醉生梦死、风华绝代的城市，它是第二眼，甚至第N眼美女。当这个低调美女的种种才情，一点点显露光华的时候，你的感动，亦如莲花一般层层绽放。

次次，在阴冷的雨中，在凛冽的风中，在晨与夜中，我全副武装瑟瑟发抖，我说话呵出一口口白气，我飞速跑回酒店，我蜷缩在温暖的毯子里望着北欧的星空，那么冷，那么温暖，那么美好！

133

CHAPTER 8
ENGLAND

英国

伦敦 · 日常爱情故事

　　三十多年前的一天，爱尔兰首都，都柏林机场。来自纽约的 Janice 与英国出生的爱尔兰小伙子 James 相遇了，以 James 的活泼性格和各种搭讪的技巧，我想 Janice 在疲劳的独自旅行之后，那一刻一定是相当轻松与愉悦。故事的细节我无从知晓，我只是知道，没过多久，Janice，这个骄傲的曼哈顿女孩，就从纽约搬到了伦敦。是的，相当老套的一见钟情。就好像好莱坞电影，我们明明知道一定是一个皆大欢喜的结局，依然会为这样的老套而动情。事实上 Janice 在纽约已为人母，她放弃了她从小生活的城市，她的工作，甚至是她的孩子，就这样来到了伦敦，并且一住就是几十年。

　　爱，在很多时候都是自私的，重要的是做出选择之后，你的责任与担当。

　　时光荏苒，几十年过去了，他们在伦敦北郊宁静地生活着，皱纹与白发镌刻着时光的印迹。某一天，他们想，我们的社区环境这么优美，我们的房子这么漂亮，我们如此喜欢与人打交道，为什么不开一个 B&B 呢。又过了几年，他们家开的 Bay Tree House 成为伦敦最受欢迎的家庭旅馆之一。

11 月中旬的伦敦，阴沉的天空，淅淅沥沥的小雨，门铃响了，Janice 去开门。一个疲劳、憔悴、拖着沉重的行李箱、身上沾着冬天阴冷的雨水的抑郁的中国人站在她的面前。他早上 6 点从遥远的苏格兰爱丁堡出发，坐火车经过五个多小时的漫长旅程，又坐了一个多小时的伦敦地铁，又走了十多分钟的路程，你知道的，我们称为"旅途综合症"的东西，此刻，相当严重。

"Hi，Gavin，刚刚从爱丁堡过来，累坏了吧，Dear，我给你煮一些咖啡！"看见这个银发的老太太，听见她 dear 长 dear 短的絮絮叨叨，太温暖了。仿佛我们不是第一次见面的陌生人，不是互相提防的房东与房客，而是久未相见的故人。

"James，Gavin 来了，快下来。"然后，一个活泼、顽皮的老头儿以风一般的速度从楼梯上跑了下来，不由分说抱着我沉重的行李上了楼。

二十分钟后，我们坐在他们家后院的阳光房里，喝着咖啡、茶，吃着点心、水果，没想到竟然是一段长达两小时的聊天，我当天下午的计划全部泡汤，可是我怎么就那么心甘情愿，那么乐在其中呢。

James，正如 Janice 所言，他绝对是一个不折不扣的 raconteur（健谈的人），聊天、讲故事时，我能感觉到他的白胡子都飘起来了。他和所有的爱尔兰人一样，无数次地强调且为自己的民族骄傲。我

称赞他们家的backyard漂亮,他认真地告诉我,在英国,我们称之为garden。吃早餐时,我说要一些ketchup(番茄酱),James说:"我们英国称之为tomato sauce。"第二天,我开玩笑对James说:"听了你的话,我在餐厅要tomato sauce,结果没人知道是什么!"Janice故作厌恶地看着James对我说:"别信他的那一套。"老头有些尴尬地哈哈大笑,那一刻,两个人好有爱!

11月的伦敦总是那么阴冷,还好有Janice的爱心早餐,让我每天出门时,精神抖擞充满正能量。经典的英式早餐,通常包括烤番茄、炒蛋、香肠、培根、蘑菇、炸薯块,以及茄汁黄豆。在英国一个月的行走中,几乎每天早晨都是这样的早餐,但一经Janice的手,怎么就那么香!更何况,餐桌上总是摆满了饮料与水果,而Janice总是故作神秘地告诉我:"Dear,今天的草莓非常新鲜,记得多吃几个!"或者:"Dear,我今天买了东南亚的芒果干,好吃极了!"

在家庭旅馆,最有趣最热闹的事情常常发生在早餐时间,来自各国的住客在同一张餐桌上吃早餐,天南海北的陌生人很快便打成一片。你会发现,在旅途中遇到有趣的人,比遇到美丽的风景更有意思。据说那个时刻我表现得很high,James给我的来信中描述道:"You always had a cheery smile and good conversation at the breakfast table. It makes a difference when all the guests enjoy exchanging stories and ideas for the touristy bits of London. We had a very nice group while you were here, and we felt you all had a good time."

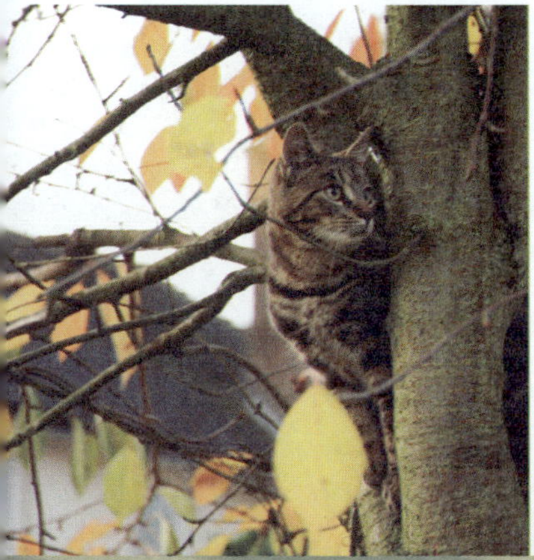

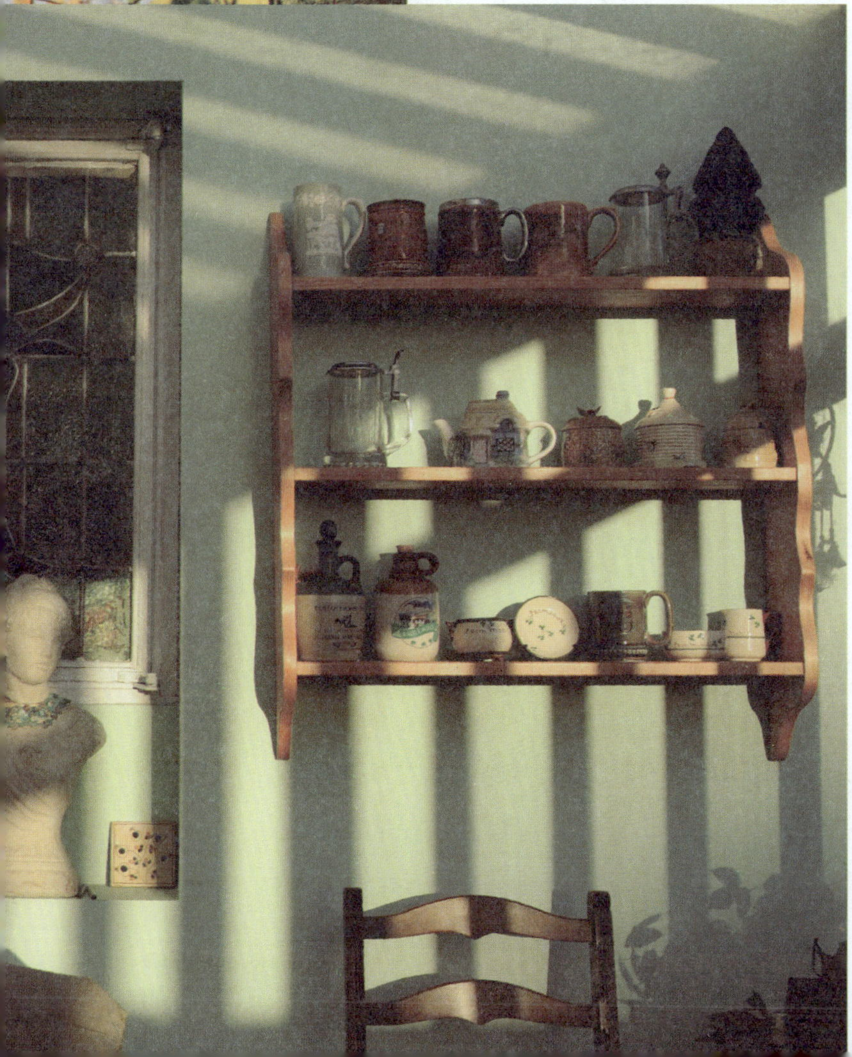

记得有一天，在早餐时间遇到一位意大利人，他的太太来自瑞典，目前他们居住在斯德哥尔摩。他们看似很轻松，眉宇间却总有几丝不易觉察的忧郁，也怪我多问了一句："为何冬天不去阳光明媚的地中海，而来这阴冷的伦敦？"毕竟是意大利人，即使已经60多岁了，内心依然住着一个小顽童，保守秘密的能力真的不行。他是意大利裔的英国人，从小就住在这个旅馆的附近，后来遇到来自瑞典的她，父亲却不同意他们交往。意大利有时候和中国很像，长辈常常会插手子女的婚姻，于是他一气之下，和她去了瑞典，几十年没有与父亲再相见，直到父亲去世。11月，是父亲的祭日，所以每年这个时候，他们都会来伦敦给父亲扫墓。

意大利人的故事讲完之后，是一阵长长的沉默，甚至Janice也那么动情，也许，她是想到自己了吧。James很吃力、很笨拙地把话题转移到他们老两口儿即将到来的美国之行。餐桌旁有一张照片，是Janice在美国的孙子，尽管不是James的亲孙子，但是老头说起来却是满脸的骄傲。

窗外，又淅淅沥沥地飘起了雨，落在花园里的黄毛榉叶子上，传来沙沙的轻响。沉默依旧，就让沉默依旧下去吧，意大利夫妇、我、一直很活泼的加州女孩、过于张扬的巴西情侣，每一个人，都在沉默中，在别人的故事里，看到了自己。

在这个温暖的房子里住了四个晚上，最后一个下午，我们又是一通长聊。那一天伦敦竟然阳光明媚，在旅店的阳光房里，窗外金色的叶子们精神抖擞，阳光透过百叶窗洒满一屋。老头儿老太太动情地向我讲起他们的相识与相知，记得Janice眼睛里的光芒，竟然还有少女般的娇羞，记得James得意的大笑，记得他们对中国古老文化的

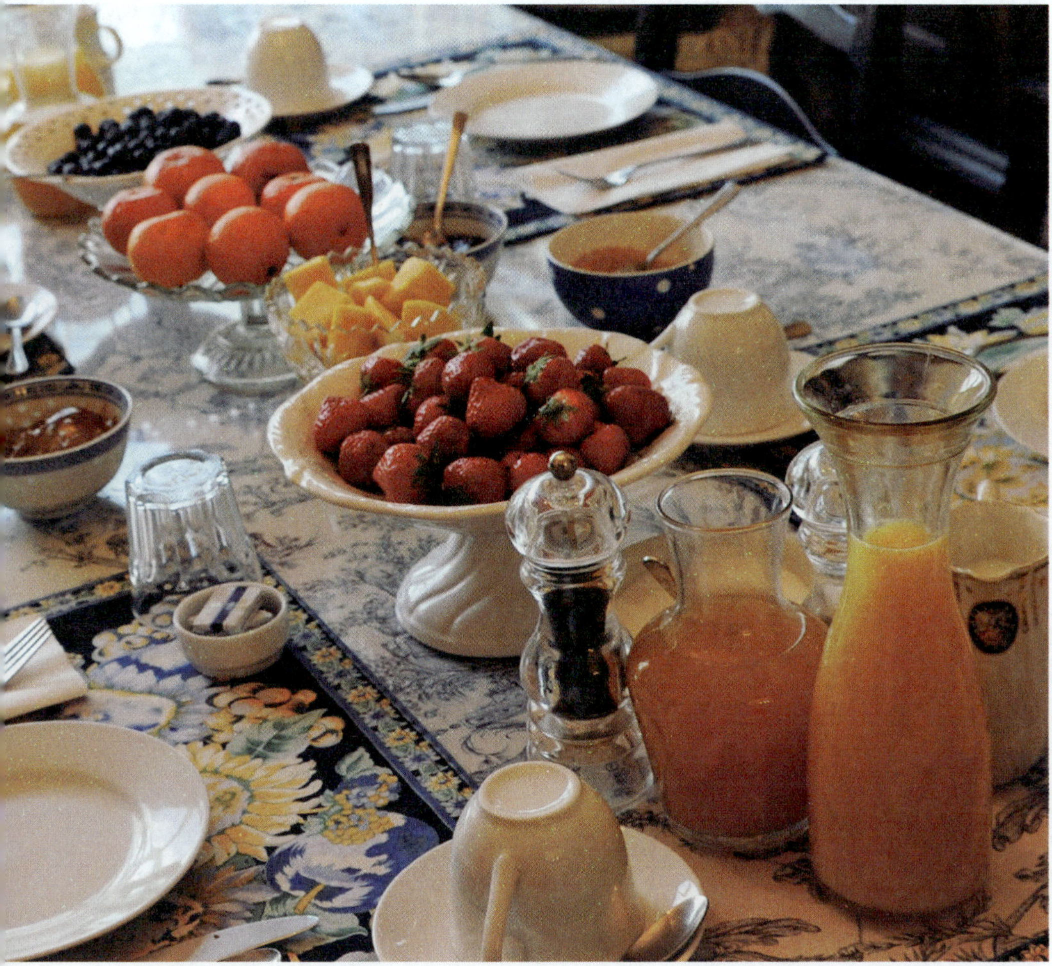

140

141

向往与憧憬，记得他们对中国的宽容与理解。Janice说，等他们退休了，一定要去中国旅行，望着老太太苍苍的白发，我有些心酸。其实，天下的老百姓都是一样的，他们一样有辛劳，一样有开心，一样有国外旅行的憧憬，一样是一个不太容易实现的愿望。

回到北京，我收到James的来信，其中有一句是这样写的："We think you came as a guest but left as a friend. We miss you already and hope to meet again someday.（你来的时候是客人，走的时候已经变成朋友。我们已经在想念你了，希望某一天再相逢。）"我可以想象，他戴着那个可爱的金丝边儿老花镜，坐在书房里，一旁放着Janice煮好的咖啡，脚下是那只天然呆的猫，敲着键盘，写下这封长长的信。

我给他的回信很吝啬，只写了一句："London sometimes is cold, but Bay Tree is always warm！"（伦敦有时候很冷，但Bay Tree却永远温暖。）

CHAPTER 8 ENGLAND

牛津·一个人的冒险

旅行时，如果你过于循规蹈矩，其实也是一个悲剧。有一些规矩一定要守，有一些规矩，则不妨踩踩钢丝，踩到对面一看，原来，无限风光真的在险峰。

那年深秋探访牛津大学，如果只是道貌岸然地做一个绅士，想来收获也会不小，却不够有趣。但因为我那华丽的小探险，让我每次想起牛津，都是那么生动，忍俊不禁。

海明威曾说："假如你年轻时有幸在巴黎生活过，那么你此后一生中不论到哪里，她都与你同在，因为巴黎是一席流动的盛宴。"同样，如果年轻时你有幸在牛津和剑桥深造，这一席流动的盛宴，也将与你相伴一生。

从伦敦乘火车去往牛津的路上，秋风萧瑟，斜风苦雨爬满了车窗。但是就在我下火车的那一瞬，雨奇迹般地停了，深秋的阳光在迷茫的晨雾中渐渐展开，古色古香的中世纪塔楼与文艺复兴风格的建筑，如印象画般隐隐绰绰浮现在雾与树间。而更远处的坡地与山峦，已经淡成了一抹云，如此宁静而浪漫，让你明明身在其中却依然觉得它如梦一般不可及，古老的牛津，一瞬间就走进了我心里。

创立于 12 世纪的牛津大学，是英国最古老的大学，同剑桥一样，

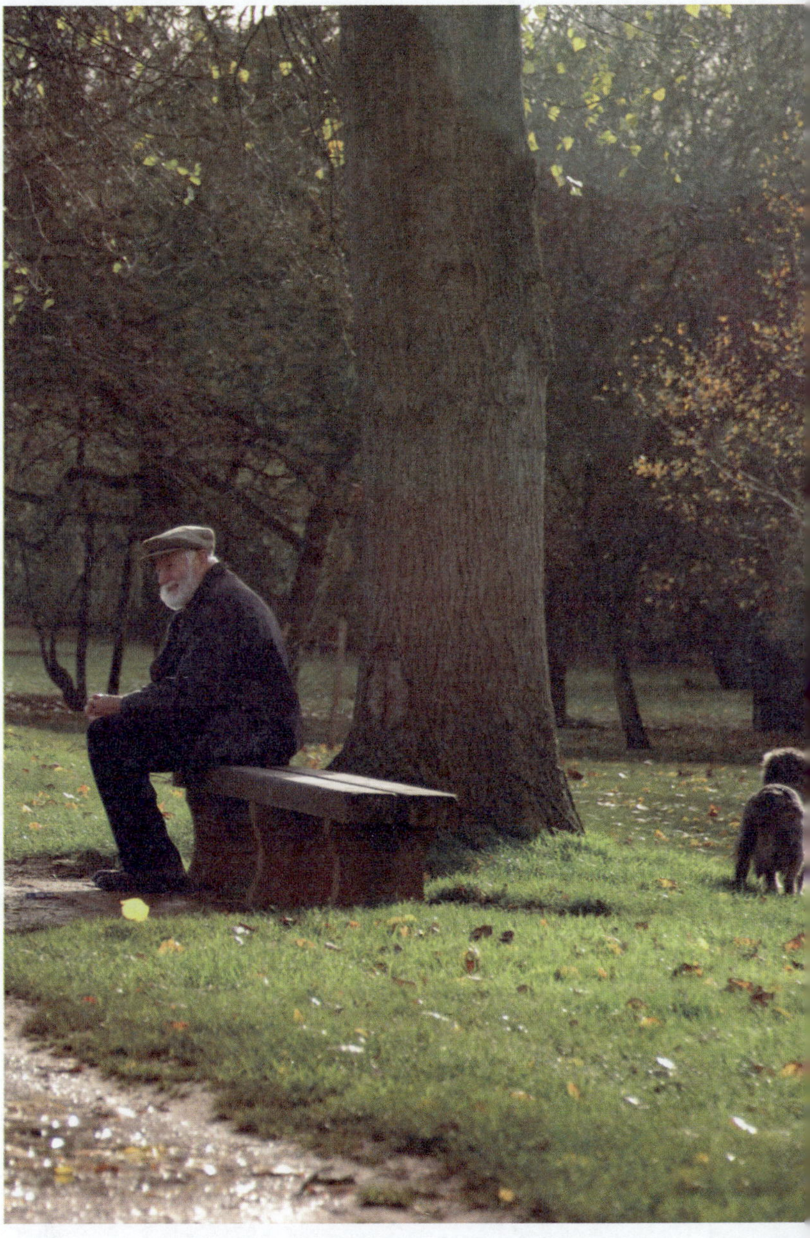

城市与大学融为一体。牛津有许多中世纪的建筑，街两旁布满中世纪的四合院，每个四合院就是一所学院。由于在当时，学术是教会的专利，因此这些学院都是根据修道院设计的，城内多塔状建筑，故又得名"塔城"。高高的石墙上爬满老藤，圣迈克尔教堂的萨克森人塔楼、诺曼人的碉堡和城墙遗址，牛津处处给人以历史的沧桑之感。难怪英国有一句谚语："穿过牛津城，犹如进入历史。"英国人把牛津当作一种传统，一种象征，一种怀恋和一种追寻，在这里可以回忆起过去的美好时光，可以重温昔日的辉煌。

偌大的大学城，近四十个学院，慢慢逛下来一天显然不够，而我当晚还要返回伦敦。因此出发之前，我已经将目标锁定在两所学院。第一个是查威尔河畔的莫德林学院（Magdalen College），创立于1458年的莫德林学院以人类学为主要研究领域，是牛津三大古老学院之一。我在学院大门口付了五英镑，就进入到一个华丽古典的庭院，往右拐，是一个美丽的回廊。

回廊固然很美，但是绕到回廊院子的后面，会一下子豁然开朗。无垠的宁静的草地，一座优雅而古典的建筑，一棵或几棵孤绝的树，我以为剑桥和牛津最美的，就是这样的场景。深秋时节，树上的叶子已是稀稀落落，但是那些红的黄的叶子，依然有一种缤纷的萧瑟之美，让你的内心感动而丰盈。

这一方庭院是如此优美，但是如果你不再往前走走，一定会遗憾万分。只要稍微走两步，就会发现前方，竟然有几十只麋鹿优雅地卧在草地上，草地上满是金灿灿或是火红的落叶。远远望过去，鹿角在那明绿色的草丛中若隐若现，这片传说中的鹿园，竟如伊甸园一般，充满童话与梦幻的色彩。

从童话中醒来，我回到现实，脑海中琢磨过 N 回，演练过 N 回的"潜伏"行动，马上就要开始了。

牛津和剑桥有很多学院，这些学院关于游人入内的规则，基本上有三类：一类是免费进；第二类是花几个英镑就可以进，例如我刚刚去过的莫德林学院；最可怕的是第三类，门口挂一个牌子，冷冰冰的一行字：游人不准入内。每次看到这样的牌子，我那个肝肠寸断啊！非常不幸的是，基督教会学院（Christ Church College）就属于这第三类。

创立于 1525 年的基督教会学院，是牛津大学最大的学院，曾在内战时作为查理一世的临时首都，其最引以为傲之处就是在近代 200 年内产生了 16 位英国首相。如果你看过《哈利·波特》，一定记得影片中霍格沃兹魔法学校那座宏伟庄重、穹顶布满星星的大餐厅。餐厅的原型，就是基督教会学院的食堂，也叫"大礼堂"。显然，在我心中，16 位英国首相加起来也不如一个哈利·波特，那个魔幻般的大食堂近在咫尺，我岂能错过。

我没有魔法扫帚，但是我早有详尽的计划。这时候，我的大相机当然隐藏在背包里，然后煞费苦心地穿了牛仔裤和球鞋以捯饬出学生范儿，更恬不知耻地戴了一顶棒球帽儿。当我压低帽檐故作轻松地穿过大门时，守门的老大爷似乎是瞥了我一眼，在他还没来得及瞥我第二眼时，我已经迅速穿门而入了。但是，我的潜伏行动，事实上才刚刚开始。

中午的阳光，静静地洒在基督教会学院的中庭，那些米色的古典

147

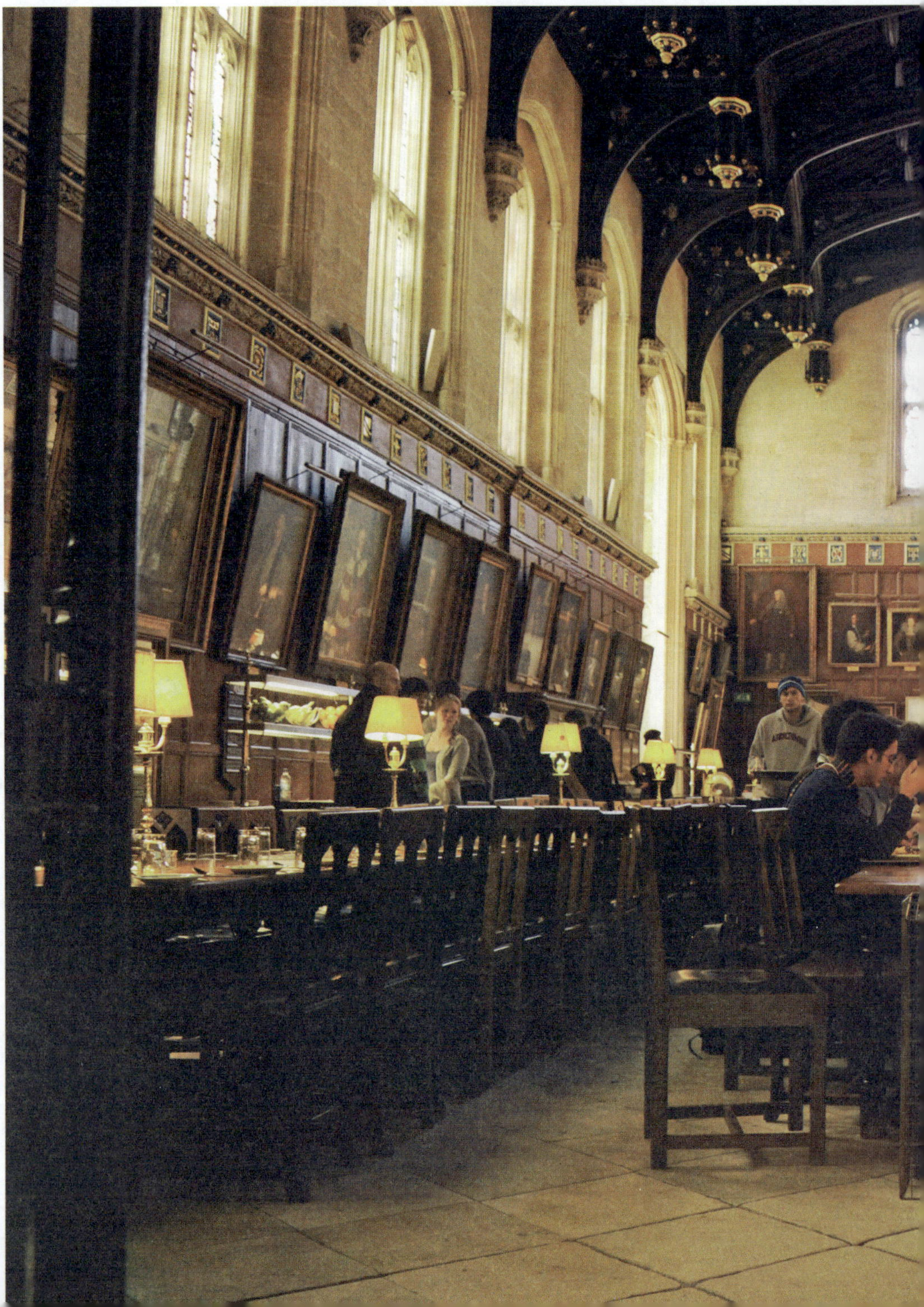

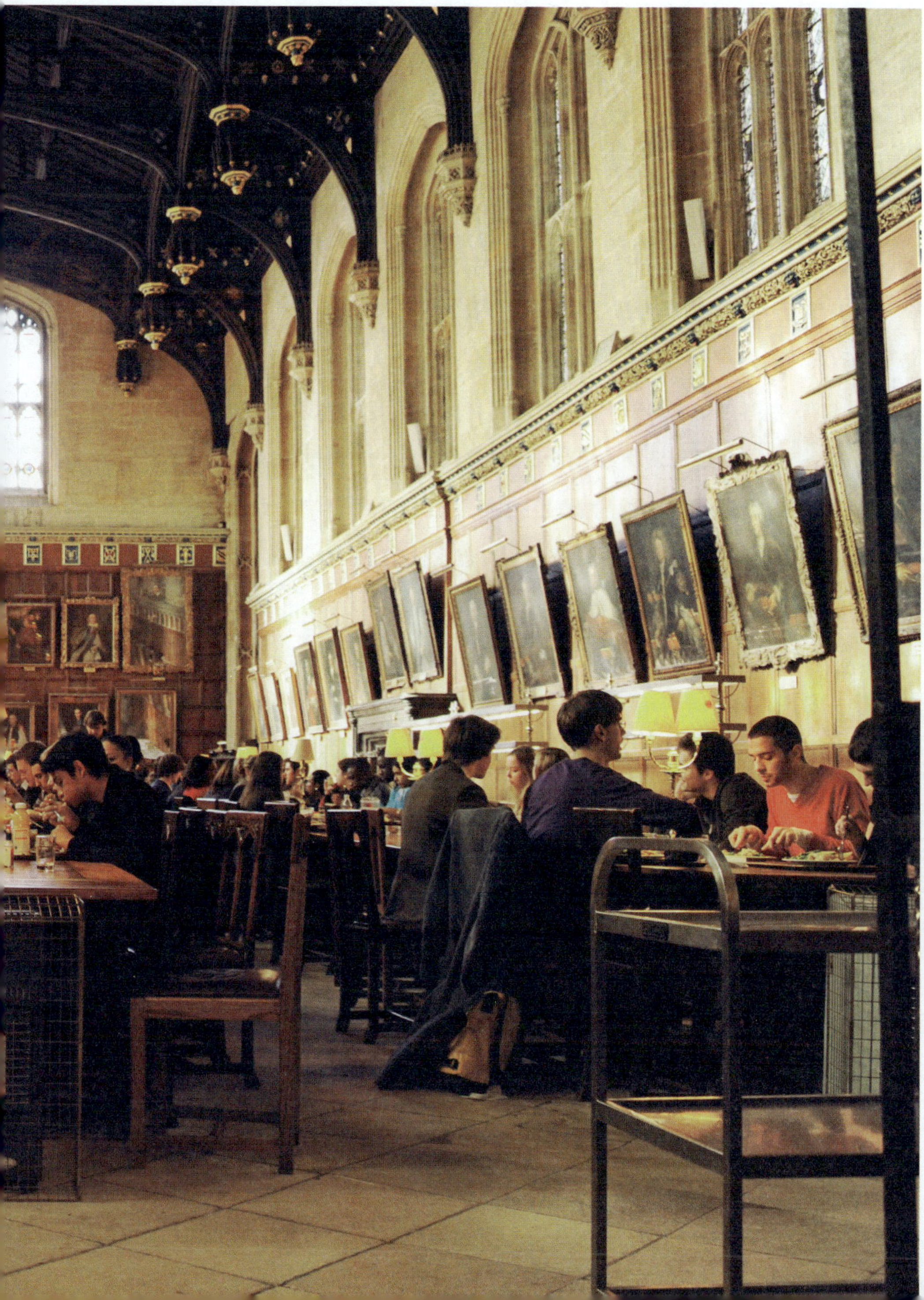

建筑反射着金灿灿的太阳光芒，古色古香的回廊是 15 世纪修建的。基督教会教堂虽然是英格兰最小的教堂，但建筑本身和内部设计都值得细细观看，特别是圣坛旁名为"圣凯萨琳之窗"的彩色玻璃窗，把《爱丽丝梦游仙境》中爱丽丝的姐姐爱蒂丝描绘成圣人，相当有趣。面对如此美妙的画面，我不断告诫自己，千万不要拿出相机，静静的校园中，没有一个游人，我也不是，我只是一个"潜伏者"。

我在回廊中漫步，眼睛却不断地向院子的右上角游移，我逡巡着，等待最佳时机。从一个拱形的门上二楼，就是传说中的大食堂，可是，门口居然有两个老大爷，在那里草木皆兵地四处张望。一群学生向着楼门走去，我貌似漫不经心地混在他们中间，一个老大爷，穿着绿色的风衣，背还有些佝偻，戴着巨大的眼镜，满脸不甚慈祥的皱纹。他警惕地问我："你是牛津会员吗？"老家伙的声音空荡荡的，仿佛来自遥远的中世纪，他那严厉的眼神，如伏地魔一般，让我心中一凛。我内紧外松地回答道："是的，我是！"老大爷的眼光甚是狐疑，但是我已经开始爬楼梯了。

正是午餐时间，一进入楼内，便听到学生们吃饭和聊天的声音，正午的阳光透过窗户映射到楼梯上，真是一个华美的建筑！但是我根本就不敢拍摄，尽管我的相机，光圈和 ISO 都已经事先调好了。我敛声屏气地走到二层，魔法学校的大食堂终于呈现在眼前了！顺着一道打开的铁栅栏门望进去，宏伟的大厅，高高的穹顶，黑色的天花板下，是一排排米色的雕花窗，窗台下面，挂满了古典的油画。很多学生正在里面用餐，和《哈利·波特》电影中一样，食堂的座位也是按照级别划分的，比如餐厅的座位有"高桌"和"普通"之分，只有教授、资深研究员或访问学者才能登上"高桌"，学生只能坐普通座位。此时此刻，眼前的场景与电影中的画面交融，那般古典，那般魔幻，那般神奇。但是，我不敢再作停留，果断掏出相机，咔嚓两张，在所有人还来不及有更多反应的时候，我迅速下楼，往外走去。

楼梯上，一个和我擦肩而过的学生，他看我的眼神格外意味深长，我心中暗叫不妙。果然再经过那个楼门的时候，佝偻背的老大爷快步走了过来，盯着我问道："你真的是牛津会员吗？我想你不是！"我边走边故作轻松地答道："是的，我是！"便飞快地向学院大门走去，心想千万别被截住。经过大门口时，那位老先生正在和门口不甘心的游人解释着什么，我一个箭步冲了出去，那叫一个大喘气啊！

我心满意足地乘火车回伦敦，对面坐着的恰好是一位牛津大学的教授，我忍不住给她讲了这个故事。这位女教授有着银白的头发，优雅的笑容，她的回答是："大学，本来就是最自由最不循规蹈矩的地方，很多事情，不妨试试看。"

回到伦敦，又讲给家庭旅馆的房东 James 听，老头儿兴奋得脸都红了，他摇着我的肩膀大声嚷嚷着："太棒了，小伙子！"

其实，每一个貌似绅士的英国人心里，都住着一个不安分的小顽童。作为欧洲最有历史传统的国家，其阶层分明与规矩众多，束缚着不少英国人的日常行为，再加上连绵不绝的阴雨天气，他们以不怎么绅士的行为来放纵自己，似乎也就顺理成章，压抑太久总要爆发。一样东西太过完美了，常常就显得很无趣，英国人偶尔的"爆发"反而让他们显得很可爱，而我，也算是"入乡随俗"吧。

CHAPTER 9
FRANCE

法国

普罗旺斯·星空下，阳光里

那年的盛夏，遭遇人生的低谷，我义无反顾地订了去往南法的机票。

世界上只有很少的几个地方，清晨可以这样优雅地醒过来。走出旅馆的大门，第一件事，就是抬头看天气。南法的阳光永远不会吝啬，米色的教皇城阿维尼翁，沐浴在暖和的调子里，心情顿感舒畅无比。

普罗旺斯有许多美丽的小城，而其中最具有代表性的，就是阿维尼翁。

阿维尼翁的古城墙建于 14 世纪，全长四千三百米，至今保存完好。建于 1177 年的圣贝内泽桥，原有九百米长，有二十二个拱形桥墩。但在 17 世纪中期时，因当时湍急的罗讷河水，大部分的桥墩被冲毁，形成目前的断桥状态，所以又有"阿维尼翁断桥"之称。如同维纳斯的断臂一样，圣贝内泽桥有一种残缺的美，这种残缺的美让它因祸得福，独树一帜，成为经典。

司机 Richard 已经在门口吹着口哨朝我微笑了，已近六旬的他来自于加拿大多伦多，与老伴告别多伦多的寒冷，幸福地背井离乡，来这里享受阳光。"让我们爬上云端，更接近那蓝的天"，向着普罗旺斯的山区，向着云端，我们出发了。

普罗旺斯位于法国南部，从地中海沿岸延伸到内陆的丘陵地区，自古就以饱满的阳光和蔚蓝的天空令世人惊艳。从诞生之日起，普罗旺斯就谨慎地保守着它的秘密，直到英国人彼得·梅尔的到来，普罗旺斯许久以来独特生活风格的面纱才渐渐被揭开。在梅尔的笔下，普罗旺斯已不再是一个单纯的地域名称，更代表了一种简单无忧、轻松慵懒的生活方式。

整个普罗旺斯地区因极富变化而拥有不同寻常的魅力：地势跌宕起伏，平原广阔，峰岭险峻，寂寞的峡谷，苍凉的古堡，蜿蜒的山脉和活泼的都会，全都在这片大地上演绎出万种风情。

而6月底至7月中旬这一段时间，是薰衣草盛开的季节，无疑也是普罗旺斯最美的时期。

和 Richard 说笑间，车已经登上了普罗旺斯的高处。吕贝隆山区，在南法夏日的艳阳下，漫不经心，却又搔首弄姿地展现出梦幻般的景致：远处是曲线平缓的山峦，稍远处是一块块翠绿的田野，不高的树集结在一起有点黑森林的味道，最重要的，大片大片紫色的薰衣草田，就在眼前恣意地盛开着。

都说 Sault（普罗旺斯一个小镇的名字）是薰衣草的天堂，这天堂果然不同凡响！紫色的薰衣草，渲染出一种梦境般的紫色迷情，田里一垄垄四散开来的薰衣草，一直蔓延到天边。微微辛辣的香味混合着被晒焦的青草芬芳，让我有些头晕目眩。我看见风吹来，薰衣草们随风摇摆，舒展柔美的身姿，仿佛在悄悄私语。

漫山的紫色中，突然出现一个橘色的身影，不由得让我为之一动。

况且，这普罗旺斯，吕贝隆山区的骄阳下，空无一人。

况且，这橘色的身影，是如此迷人。

况且，她还向我挥手，并向我走来。

更况且，她居然，还说起了英文！

Richard正在睡觉，我正在犹豫是否叫醒他，毕竟，万里迢迢来到这里，留个影儿还是非常必要的。这个女孩儿，就像仙女下凡，听见了我的心声，翩翩而来。

这一路，傲慢的不屑于讲英文的法国人，真是让我吃尽了苦头。法国人不屑于讲英文的原因有很多，如自认为法语是最美丽最优雅的语言，如大国的沙文主义，如英法百年战争……

无论如何，造成的结果是，我去过欧洲任何一个国家，都从来没有像在法国这样狼狈不堪！法国人骄傲得不讲英文，整得我跟人讲话心虚得要命，因为很可能对方一听到你讲英文，就会置之不理，甚至不做你的生意也是常事。

所以，看到美丽的、活泼的、橘色的法国姑娘，在普罗旺斯的艳阳下，朝我走来，并主动向我示意，我怎能不欢心雀跃。

"这片薰衣草很美吧！"

"不是最美的。"

橘色的身影有些意外——没见过这么不给面子的老外。

"我是说，最美的是眼前的这个姑娘。"

女孩脸上绽放的笑容，如阳光下怒放的花朵。

这个最美的姑娘，名叫玛努，她心甘情愿地给我拍了好多照片，并且带我去参观她家的小店，和她家可爱得不行的石头房子。

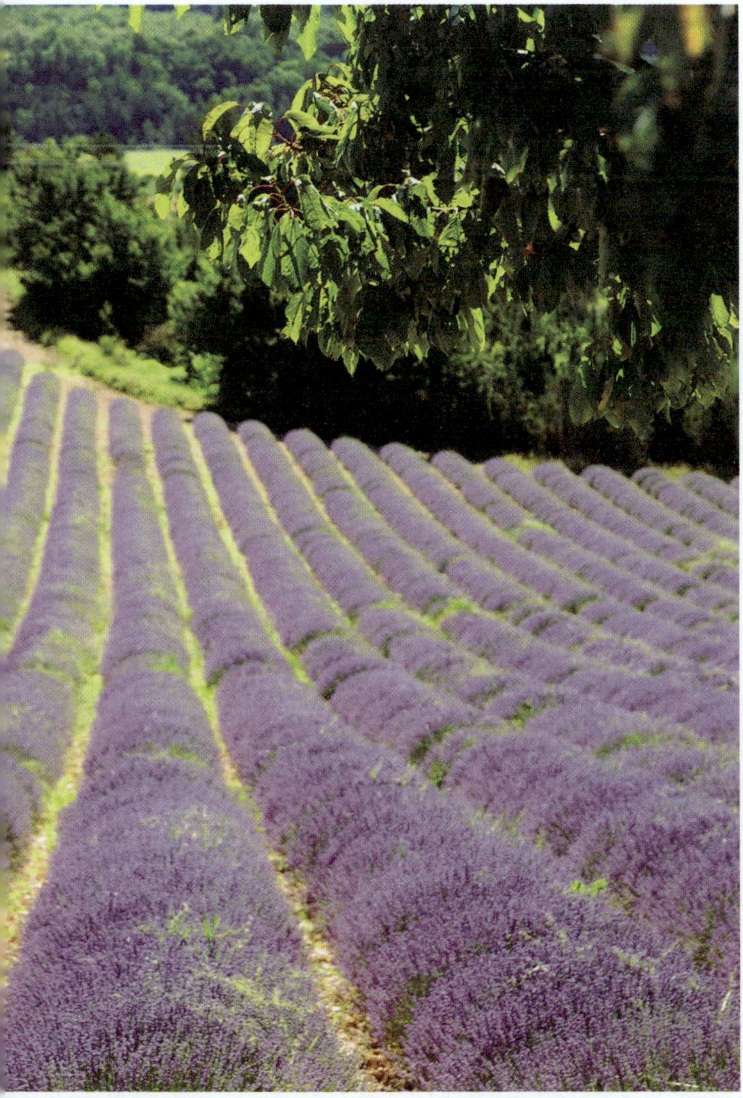

玛努家的石头房子，充满普罗旺斯山居风情，由不规则的石头砌成，蓝色的门窗，外墙上随意挂着锄头、镰刀等农具，小小的蔷薇顺着墙壁攀援而上。院子里，笨笨的大餐桌，与门窗同色的做旧的铁艺扶手椅，阳光透过树梢洒满一地，光影斑驳，如同一幅天然写就的印象画。而一只慵懒的大狗，沉默地眯着眼睛，旁若无人地享受着阳光。

玛努家的房门口，挂着一只鲜艳的陶瓷做的蝉。更妙的是，这只蝉不仅仅是装饰，它还是感应门铃儿，当你靠近它的时候，会"知了知了"地鸣叫。

阳光下的普罗旺斯，在罗讷河边，在寂静安然的小山庄，在嘉德水道桥，在薰衣草田，在午后的咖啡馆……仔细聆听，总有蝉在阳光下，尽情歌唱。普罗旺斯，不仅仅是薰衣草的天堂，更是知了的天堂。在这里，知了是受保护动物，而且，有最灿烂最美丽的阳光相伴，难怪它们的歌唱如此欢快。

看到我对蝉那么有兴趣，玛努给我讲了一个关于蝉的故事：

一群天使来到普罗旺斯度假，艳阳高照，天使们却很惊奇地发现，竟然没有碰到一个人，许多葡萄园也是无人劳作。他们非常纳闷儿，就去了一个教堂。可是他们更惊奇地发现，神甫竟然没在祷告，而是在午睡！

神甫告诉天使们，主给予了他们充足强烈的阳光，人们都跑到橄榄树下面去了，以躲避这让人受不了的灼热。一个天使问：那他们什么时候干活儿呢？神甫说：凉快的时候。早上干一会儿，晚上干一会儿。

天使们回到天上，向上帝讲述了他们的经历。于是上帝就决定创造一种昆虫"鼓手"，当阳光照耀的时候，它就会搞出点儿音乐防止

157

人们睡觉。就这样，蝉诞生在葡萄园里，诞生在普罗旺斯的每一处！

"池塘边的榕树上知了在声声地叫着夏天"，多久没有听到知了的歌唱了！这样的歌唱很童年，太阳高高地当头照，不肯乖乖午睡，夜晚似乎永远不会来临，未来是如此之遥远。当岁月如白驹过隙，当未来清晰可见，悠荡在普罗旺斯的乡间，听着蝉的歌唱，眼前的一景一物，竟然有一些亲近之感。

看了《奢侈、宁静和享乐》，我一直想寻找桑贝笔下的那个世界。有这样的地方吗？奢侈的地方大都不会宁静，宁静的地方也许不会享乐。真正的奢侈和享乐是有着宁静打底的，平和得像一个飘飘欲仙的梦境。

普罗旺斯，如此灿烂，却又如此宁静；如此优雅，却又漫不经心；如此快乐，却是发自内心。

普罗旺斯，自有它独特的生活哲学，在这块土地上，我常常思索，我们，到底追求什么？那些出发前的小烦恼，是如此不值一提。

凭山远望，微风吹来，花香涌动。坐看云起，我好像已经找到了答案。

○ 艺术的星空下

阿尔勒，凡·高当年生活的小城，大师虽已远去，艺术的星空却光芒依旧。而明媚的阳光里，是小城快乐的世俗生活，艺术与世俗，你中有我，我中有你，它们如此融洽、如此和谐、如此优美地混搭在一起，让阿尔勒散发出独有的隽永气息。

阿尔勒城中，处处都有凡·高的头像，沿着这些头像，你就可以与他同行。所幸，当年画家的住所、休憩的花园、古老的遗迹都完整保存

159

下来，那些画中的场景，都在眼前一一展现。走着走着，会有一种时空错乱的感觉，那是一种妙不可言的错乱，仿佛，大师就在不远处。

1888年2月21日，凡·高，厌倦了巴黎的生活，在阿尔勒火车站下了车，明媚无比的南法阳光和阳光下缤纷的色彩，让你醉心不已。

多年后的夏天，我，受够了北京的喧嚣，来到了阿尔勒，感受亘古不变的炽热阳光，而当年你下车的老火车站，在树荫下，宁静得很沧桑。

我在阿尔勒小城周围的原野，深深陶醉于阳光下黄得缤纷夺目的向日葵田。我在阿尔勒蹓跶，看到那些生生不息的向日葵，长在餐巾上，印在布料上，闪亮在每一个小城人的脸上。

Espace Van Gogh，凡·高纪念馆。这里曾是一所医院，是你割去耳朵后被送去救治的医院，也是你画笔下 Hotel Dieu 的花园旧址。

当年的鲜花依然盛开，后面明黄色的长廊依旧明艳。一次又一次，与当年的你擦肩而过，竟然有种探访老朋友的心情，一丝不易察觉的笑容斜在我的嘴角，心中默念着：这样真好！

天空中没有翅膀的痕迹，而我已飞过；虽然你已然远去，但是你永远在这里。小城的艺术氛围，小城的浪漫气息，小城的优雅与宠辱不惊，谁说就与你无关呢？

在一条小巷子里，偶遇一位五十岁的女子，我知道她的年龄，是因为恰逢她的生日。在阿尔勒，至今还有这样古老的习惯，在生日的那天，将自己打扮得漂漂亮亮的，穿上当地的传统服装，拍几张照片做留念。她身穿绛红色的丝质拖地长裙，白色的披肩、手套与扇子，皆有一种时光倒流的古典气息。最大的亮点，是她头上的饰品，我都无法说清那是帽子还是头饰，总之当她站在古老的巷子中，转过身

161

去，只是将头微微侧过来时，那一瞬间的美，真是惊心动魄。她就这样告诉世界，年华老去并不可怕，逝去的是岁月，沉积的是优雅。

○ 在阿尔勒的乡村早市上

在普罗旺斯，有一个小秘密，它与快乐有关，它与幸福有关，它是一个当地人心知肚明的小秘密，它，真的也算不上是什么秘密。如果你想有美好的一天，甚至是美好的一周，不妨，去逛逛早市吧！

阿尔勒的乡村早市，是普罗旺斯地区规模最大的早市，时间是每周三、周六早上 7 点半到中午，周六的规模更大一些。周六的早晨，阳光透过两千年的古罗马竞技场，透过古老的双层拱廊，照在初醒的小城。虽然还不到 7 点钟，但是阳光已经非常明媚，将弯弯曲曲的老街涂抹得浓墨重彩，一侧是亮的，一侧是暗的，这样明暗的强烈对比，让这样的阳光明亮得一点儿也不媚俗，反而显得异常宁静。

宁静而古老的巷子中，各家的大门徐徐打开，人人挎着一个藤编的菜篮子，踏着晨光出门了。这样一个休息日的早晨，即便衣衫不整，即便睡眼惺忪，又有谁会在意呢？别人不在意，可是，她们自己在意，即使是那些上了年纪的老太太，亦将自己收拾得光彩照人。银色的头发一丝不苟，鲜艳的嘴唇，乡村风格的碎花裙，甚至那个随意挎在手中的菜篮子，都光彩夺目得让 LV 自惭形秽。早市，不只是买点东西这么简单，它是普罗旺斯的社交场合，它是一场生活秀，它甚至就是一出盛宴。有什么比在普罗旺斯清澄的早晨醒来，然后再去赶一个色香味浓的本地传统集市更美的？

露天集市，沿小城最宽阔的布勒瓦赫林荫大道铺开，摊铺一个挨一个呈四列纵队在阳光下笔直地延伸下去，整整三公里。大道一侧的

小城的中央，就是当年罗马人的遗迹
——圆形竞技场。

两列摊位售卖蔬果和副食，另一侧的两列则是日用品、工艺品和二手旧货。算下来，这集市足足有十二公里！

在这儿逛早市，千万不要傻兮兮地去砍价，那会让有性格的摊主视为"不敬"，所有的东西都是明码标价，况且价格已经比别地儿便宜了很多。事实上，很多摊主都非常热情爽朗，买了樱桃后，大叔顺手就递给我一只桃子，我轻轻一掰，汁液立马淌了一手，那个桃子的味道，就像咱们小时候吃的蜜桃。

在早市里，粉红葡萄酒自然也是当仁不让的主角，阳光透过瓶身，美妙的光影摇曳。粉红葡萄酒也叫桃红酒、玫瑰红酒，颜色在很浅的粉红到深深的桃红之间，有无数种色彩的可能。多彩的粉红酒喝起来就像爱情一样，在不同的色彩下幻化出美妙的感受。如果说香槟和汽酒演绎的是欢欣跳跃的爱情，粉红酒演绎的爱情则充满浪漫和柔情，还多几分随意和平实。粉红酒为普罗旺斯营造了一种轻松愉快的气氛，它有着法国葡萄酒少见的、容易让人自由自在地亲近的迷人特质。夏日的轻简午餐，大量的橄榄油与多彩的地中海蔬菜所拼成的即兴菜色，绝配就是一杯清凉、有着可爱果香的普罗旺斯粉红酒。

买了一瓶颜色较深的粉红酒，顽皮的摊主顺势递过来一只酒杯，示意我当即就可以开怀享用。我于是问他，那我拿什么来佐餐呢？摊主眨眨眼睛说，你可以先来一片云。在他的示意下，我恍然大悟，原来这"一片云"，竟然是普罗旺斯山区高地著名的山羊奶酪，小巧的扁圆形看起来就像片片白云！奶酪小摊儿上，摆着两只羊的雕塑来撑门面，而玻璃柜台上，一只小羊眉飞色舞地骑着单车，上面写着：快快来品尝我们家的新鲜奶酪吧！同样，卖鸡蛋的小摊儿，摆着两只卖萌的布艺小公鸡，看起来还是两口子，先生穿着牛仔背带裤，太太则

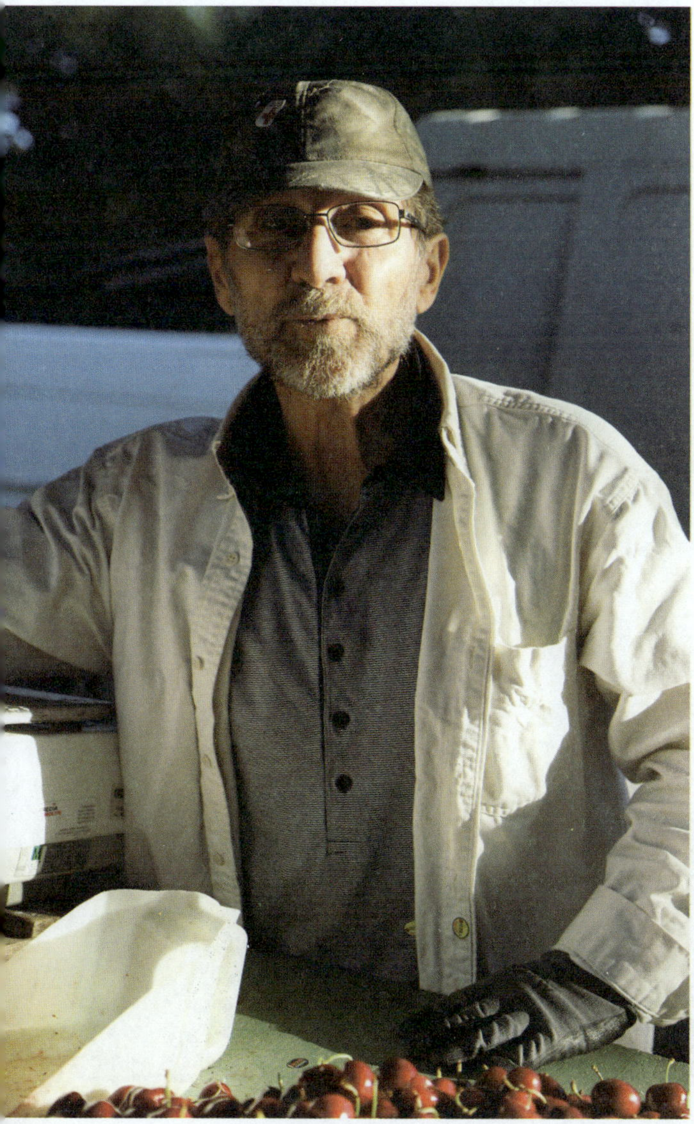

MOULIN DE
rogne
Rosé de Provence
COTEAUX
D'AIX EN
PROVENCE
2011

穿着绣花蕾丝裙，干干净净的鸡蛋，码放在篮子里面。这些年，我们走得太快了，卖鸡蛋早就不用这样的篮子了；这些年，我们走得太慢了，卖鸡蛋肯定不会这么温馨这么幽默。

来法国，如何能不提到甜品？

早市上最诱人的甜品，自然是马卡龙，新鲜出炉、盛装出场的杏仁小圆饼，在晨光中一个个气宇轩昂，英姿飒爽。法国人喜欢称马卡龙为少女的酥胸，而此刻，它们更像参加阅兵的骑士。普罗旺斯的马卡龙，不似巴黎的那般小巧圆润，它更加豪放甚至粗犷，对于我的疑问，摊主爽快地回答：这儿是普罗旺斯！她是一个漂亮的法国女孩，穿着吊带背心，小麦色的皮肤，闪耀着太阳的光泽。我买了一袋各种颜色的马卡龙，她麻利地包装好，对我说：一定是美好的一天，因为你把一天的阳光买回了家！

逛法国的早市，是探寻法国人生活的最好方式之一，因为即便这里涵盖了法国所有阶层的人，你却很难去分辨他们的等级。你会发现，市场里的每一个人都是面带笑容，充满喜悦，你根本猜不透在刚刚过去的一周里，他们过得是喜还是悲。或许，这就是所谓的热爱生活，有了这样的生活态度，我们每一个人都可以很富有。

至少，当我拎着那一天的阳光，走在回去的路上时，心情无比愉悦，心中满是阳光。

CHAPTER 9 FRANCE

安纳锡·走进一场老电影

在路上，只要勇敢地多往前迈一步，就会在转角遇到爱、遇到故事，那些惊喜闪闪发光，等着你的到来。

那年夏天的黄昏，我在法国安纳锡山村的奇遇，现在想来，是如此不真实，就像是走进了一场老电影。

安纳锡的湖水，被称为世界上最干净的湖水，很深，却清澈见底。整个小城，仿佛被湖水洗刷过一样，透亮、明爽，远处的阿尔卑斯山粗犷而温柔地呵护着它。两条运河——尼姆河和瓦斯河穿过小城，瑞士风格的彩色房子临河而建，难怪这里被称为阿尔卑斯的威尼斯。

安纳锡，卢梭曾经生活过的地方。这里最有特色的，却是它的水中监狱。

在尼姆河和瓦斯河交汇的地方，两岸的房子颜色皆鲜活明亮，而河中间的一座建筑，却极不和谐地暗黑严峻，这座湖心的小岛宫，就是当时的监狱所在地。时间久了，这座黑漆漆的小岛宫，竟然与两岸的房子日久生情，散漫出一种独树一帜的景象，亦成为安纳锡最吸引游客的景致。

欧洲人的思维的确与我们东方人大相径庭，我们的监狱都在大西北那样的不毛之地，或是城市的荒凉郊区。而在威尼斯，那最美的叹息桥所在的地方，却也是监狱所在地；安纳锡，城市的最中心，风景最美的区域，亦安置一座监狱。想来，那些荒凉的景色让人心灰意冷，而这些绝美的风景却是十足的诱惑，诱惑监狱里的人努力改造，以便尽快享受铁窗外的美好人生。

我住的旅馆，在离安纳锡三十公里外的阿尔卑斯山脚下，我已经不记得那个小村儿的名字，只是记得那一天的黄昏，金色的残阳涂抹着山峦，温情脉脉。

Laure 穿着优雅的白色上衣，天光还亮，Laure 指挥着邻居们，在村子里小教堂的广场上，支起了几张长桌，订了 pizza，做好了沙拉，捧出了心爱的葡萄酒和香槟，一个悠闲的夜晚即将上演。

对于小男孩让来说，撞球游戏（Boule）显然比一顿美味佳肴更加有吸引力。他呼朋唤友，大呼小叫，似乎很把自己当棵葱。

但是，让显然高估了自己的胆量。当夜色愈加浓厚，让正在劲头儿上时，他的眼神里，突然露出一丝羞怯与紧张，因为，一个奇形怪状的东方人，捧着一台分量不轻的相机，从村子边的薰衣草地里，杀了过来。

这个东方人，充满阴谋地堆满了笑容："Bonjour."他这一声怪腔怪调的问候，终于使让彻底现形，他一声惊呼，Laure 杀了过来。

神秘的东方人，正是在下，充分展示出一棵葱的勇敢气质，傲然挺立，又是一声优雅的问候："Bonjour."

Laure，竟然顽皮地笑了，她嘟囔着法语，手势夸张地挥舞着，好像想让我做点什么。我无奈地耸耸肩，表示不懂法语。Laure 耐心地用慢、极慢、超慢的速度重复了三遍，然后无奈地看着我睁大了眼睛——她一定在想，哪来的怪物，这天底下，居然有人不懂法语！

曾经的小岛宫监狱。

Laure 急了，不由分说地拉着我，没走几步，一转弯，教堂前的超级大餐桌，充满诱惑与魔力地出现在我的眼前。

于是，小乡村宁静的夏夜，就此沉沦，被一个来自遥远东方的人，搅得风生水起。

男女老少，皆有着法国乡村可爱而淳朴的红脸蛋，他们的笑容，就好像法国乡村的阳光般明媚。

Pizza，有铺满小蘑菇的，有点缀着牛肉的，有长长的咬不断的 Cheese 的，有怪怪的黑色橄榄的。

葡萄酒，红色的、黄色的、粉红的，透明的，还不过瘾，主人竟然捧出浓烈的干邑，喝一口，再做一个超级难以接受的表情，必然会引来善意的哄笑。

一个拉丁男人走了过来，英语打着卷，比餐桌上的生菜叶子卷一百倍："我老爸来自巴塞罗那，啊，你去过巴塞罗那，哈哈，非常美！你来自中国，喔，好遥远，嗯，功夫，功夫！"

拉丁男人的老婆也过来了，她突然脱去了外套，得意地 Show 着自己背上的文身，原来是一个中文的"爱"字。得到我的肯定后，她愈加得意地大笑不已，这拉丁的奔放和法国的优雅就是不一样啊！

小男孩让也突然变得勇敢起来，让我将他的名字用中文写出来，然后，看着那些古怪的图案，不可思议地摇着头。

我已经吃不下任何东西了，Laure，还有一张张热情的红脸蛋，堆满笑容地在我眼前摇晃，仍然不肯善罢甘休，我的天！

夜色，已经浓重得化不开，旅馆，还在不算近的地方，趁着最后的一丝清醒，该说再见了。

Laure，拉丁男人与女人，若干红脸蛋，一张张呼着臭烘烘酒气

阿尔卑斯山下，
色彩明丽的房子。

与蒜味香肠的嘴巴,对我的脸颊上下左右袭击,痛不欲舍。

我回报以 N 个臭烘烘的拥抱和吻别,脖子上的那张脸,想必也已经红扑扑如他们一般。我晃晃悠悠地,貌似很清醒地向旅馆的方向晃了过去。

夜色中的薰衣草依然倔强地散发着芬芳,阿尔卑斯的星空辽远而苍茫,通往瑞士的公路上,夜车一辆辆呼啸而过,间或有节奏强烈的摇滚倏然而去,哪里来的几个阿拉伯人干吗死盯着我看?

不知怎么昏然睡去,第二天醒来,望着浴室镜子中那张变形的脸,有不明物质的痕迹,以及唇膏的丝丝黯红。如果是一个凶杀案的现场,这些活生生的证据,足以致我死命。

阿尔卑斯的木屋旅馆,清晨的阳光美好地照进来,小浴室的那个人,终于爆笑不已。

CHAPTER 9 FRANCE

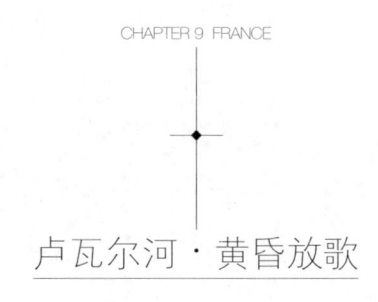

卢瓦尔河·黄昏放歌

塞纳河因了巴黎,成为法国最有名的河流。而法国最长的河流,却是卢瓦尔河。

我驻扎在河边的小城图尔,这里的人们讲着最标准最优雅的法语,整座城市也吐露着谦逊而低调的芳华。

一天黄昏,我从城外的古堡回来,去河边闲逛,隐隐听到一阵动听的歌声。我看不到那些唱歌的人,只看见河水缓缓流淌,半江瑟瑟半江红。河的一侧满是黄昏的余晖,大树都被余晖映得闪闪发光,而另一侧则阴暗了许多。最妙的是,河的上方,飘浮着一层淡淡的雾,它不仅朦胧了那些树那座桥,甚至朦胧了歌声,那些若有若无的歌声飘浮在雾的上空,梦幻、轻灵,宛如天籁。

我不由得走近,在一棵发光的树下,一群人,男女老少,正在齐声歌唱。金色的河,金色的树,金色的吉他,金色的发梢,歌声也有一种金色的质地,而他们,仿佛正好在聚光灯下。河的另一面正好是阴暗的一面,仿佛舞台下黑压压的人群。

一个傻乎乎的东方人,张着嘴一脸痴迷、惊讶与迷惘,对于双方都很穿越吧!一曲唱毕,他们不由分说围了过来。

"请问你来自哪里?"一个小女孩率先发问了,她的头上包着一条橘色的头巾,刚才在河边打着铃鼓,在金色的光泽中,仿佛一个认真的小天使。

"中国,去过吗?"

小女孩吐吐舌头,旁边的几位中年女士也应和着:"好远啊,我们还从来没有走出过欧洲大陆呢。"

"我去过加拿大蒙特利尔!"一个小伙子突然冒出来喊了一嗓子。

"那里同样说法语,不算出国!"我恶狠狠地调侃着。

人群中爆发出一阵欢笑,他们热情地邀请我共同进餐,河边的石头上,随意地摆着一些食物,法式棍子面包、烤香肠、自家烘焙的小点心、新鲜的水果,随意而温馨。我毫不客气地品尝起来,嘴里塞满食物,还不知天高地厚地提起要求来。

"在中国,有一首法文歌非常流行,叫作《Helene》,请问你们会唱吗?"

一片茫然。我脑海中的法语歌真的不多,听香颂,也只是听旋律,对于歌词一无所知。突然间,我灵光一现:"有一部电影的歌曲很好听,一群调皮捣蛋的孩子,一个好老师,合唱的故事……"当我哼出那段旋律之后,他们终于欢呼雀跃起来:"《放牛班的春天》!"

他们围成一个半圆,一哥们儿梳着金色的艺术范儿的马尾巴,他用清脆的吉他弹出前奏,然后,歌声响起:

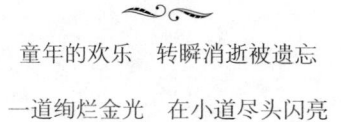

童年的欢乐　转瞬消逝被遗忘

一道绚烂金光　在小道尽头闪亮

黑暗中的方向　希望之光　生命中的热忱　荣耀之巷

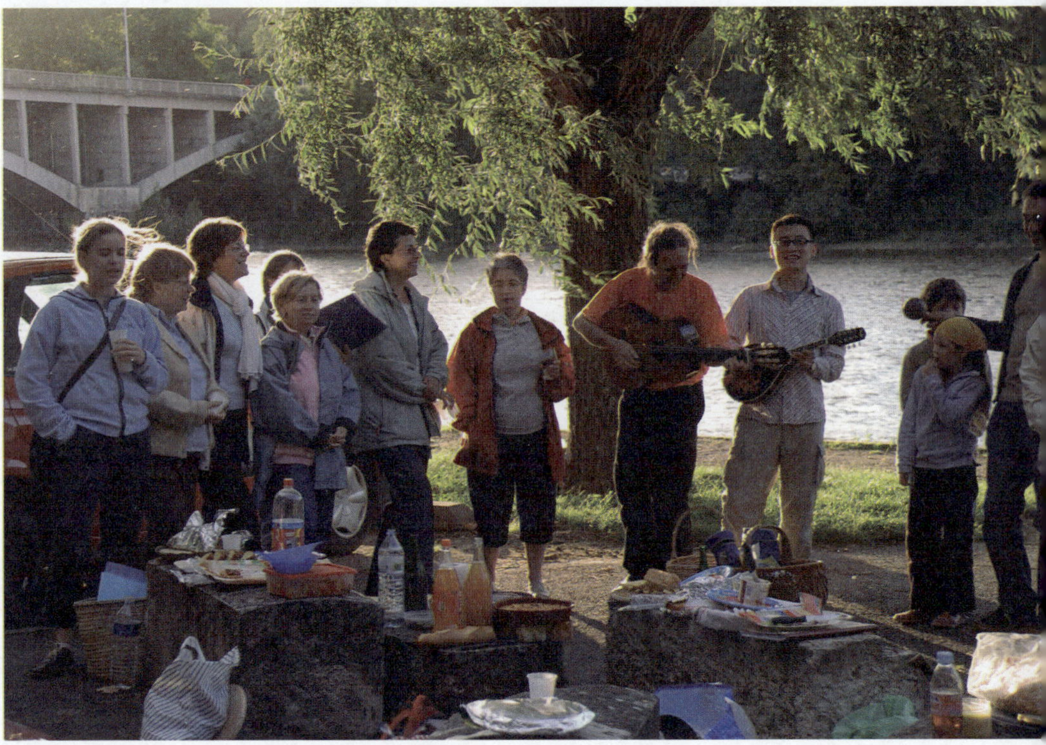

眼前的一群人,分明只是普通民众,可是这歌声,怎么美成这样!

在梦幻的光线中,歌声纯净甚而圣洁,每一个人都面带微笑。那微笑只是他们自然的流露,于我而言却太过美好。我甚至不敢再看他们的眼睛,在他们的歌声中低下了头。法国的夏天,晚风吹来也是颇有凉意的,而那一刻,我却浑身暖融融的。

没想到,后面还有一出动静儿更大的。金色的马尾巴使劲塞给我一把奇形怪状的吉他,故作高深地说他们会唱中国歌,让我和他们一起唱。歌声响起,居然是《南泥湾》!而且,就好像我们可以无师自通地唱粤语歌一样,他们,也可以含糊不清地用中文来唱这首歌。个个手舞足蹈,神采飞扬,唱到"三五九旅是模范",我终于忍不住捧腹大笑,那样的发音,太可爱也太搞笑了。

显然,我这样破坏风景的大笑,让金色的马尾巴很"受伤"。

"我们唱得不对吗?"

"哪里,你们唱得太棒了,不过,你知道这首歌是什么意思吗?"

马尾巴眉头一蹙,耸了耸肩:"这是一首爱情歌曲,将鲜花送给亲爱的人,不是吗?"

我被秒速石化了,在法国的阳光下,我心里边已经笑得心脏都抽搐了,觉得眼泪无法抑制地要喷出来。但是,那一刻,面对着那些得意洋洋,却又小心谨慎的眼神,我只是微微一笑:"太对了!"

人群中爆发出轰鸣般的欢呼声,每个人都笑逐颜开,我弹着那只怪异的小吉他,加入他们欢快的舞步,肆意高歌:

花篮的花儿香　听我来唱一唱　唱呀一唱
来到了南泥湾　南泥湾好地方　好地呀方……

CHAPTER 10
ITALY

意大利

托斯卡纳·艳阳下

○ 乡村音乐的遥望

我是左撇子,据说感性思维比较发达;我是巨蟹座,被界定为情绪主义者。

基于以上两点,我的联想力极其丰富,我喜欢呆着,不是闲着,而是真正的发呆。其实我的脑子正天马行空地把眼前这些不关联的事件策划出一个个诡奇的故事,我沉浸在这些故事中,脸上时不时浮现不可名状的笑容。

比如听到"乡村"这两个字,我的联想无限丰富而绵绵不绝,它是散淡的、慵懒的、随意的、舒服的、清新的、想干吗干吗的、薰衣草的、黄色雏菊的、苍茫高地的、马粪味儿的……我的联想真的和马粪一样臭不可闻,为此我头疼不已。

不知道为什么,让很多人印象深刻的第一首英文歌都是来自于Carpenters的《Yesterday once more》,我也不可免俗。那是在我十五岁时，初夏的微风中，从校园大喇叭里突然传来这首歌，我的灵魂仿佛升上了天际。醇厚的、田园的、冬日炉火般的，轻盈的风一样的，骑着单车风从耳畔掠过的，我记得我呆了，在大大的操场上，我彻底呆了！

是那些泛着时光印迹的发黄唱片，来自乡村的歌谣，让我轻易找到了自己的精神家园，我像陷进一个松软的大沙发里，不可自拔。随着岁月的流逝，我不可避免，或是故作姿态地喜欢上了更多的音乐形式，例如爵士、蓝调、香颂、巴萨诺瓦……我甚至羞于告诉别人我最喜欢乡村音乐，那就好像承认自己是一张简单的白纸一样。

继 Carpenters 之后，我开始有意挖掘乡村音乐这个宝藏，那时候的资讯极其贫乏，所以我不可避免地和大多数人一样，喜欢上了 John Denver，他充满磁性的嗓音让人极度放松。

直到后来，我又挖掘出了 Don Williams 和 Willie Nelson 两个头发灰白的老家伙。Williams 歌喉浑厚，歌路抒情优美，大提琴般低吟的男性美声一出，很容易让人感受到什么是"致命的诱惑"。而 Willie Nelson，作为美国乡村音乐的传奇人物，在他内敛的歌声里，承受他给我心灵的撞击。多久没有被打动过呢，心硬到结了梗，一颗日渐麻木的心，忽然地，听见了那个久远的年代，得克萨斯那双蓝色眼睛在雨中的哭声。

听了 Shania Twain 的乡村音乐，我才知道乡村并不仅仅是浅吟低唱与轻松欢快，同样，它也可以表达情绪，并且充满力量。一次，偶然在电视里听到一首乡村歌曲，曼妙的吉他声，传递着行驶在西部公路的畅快。我想尽一切办法，终于知道了这一首《Western

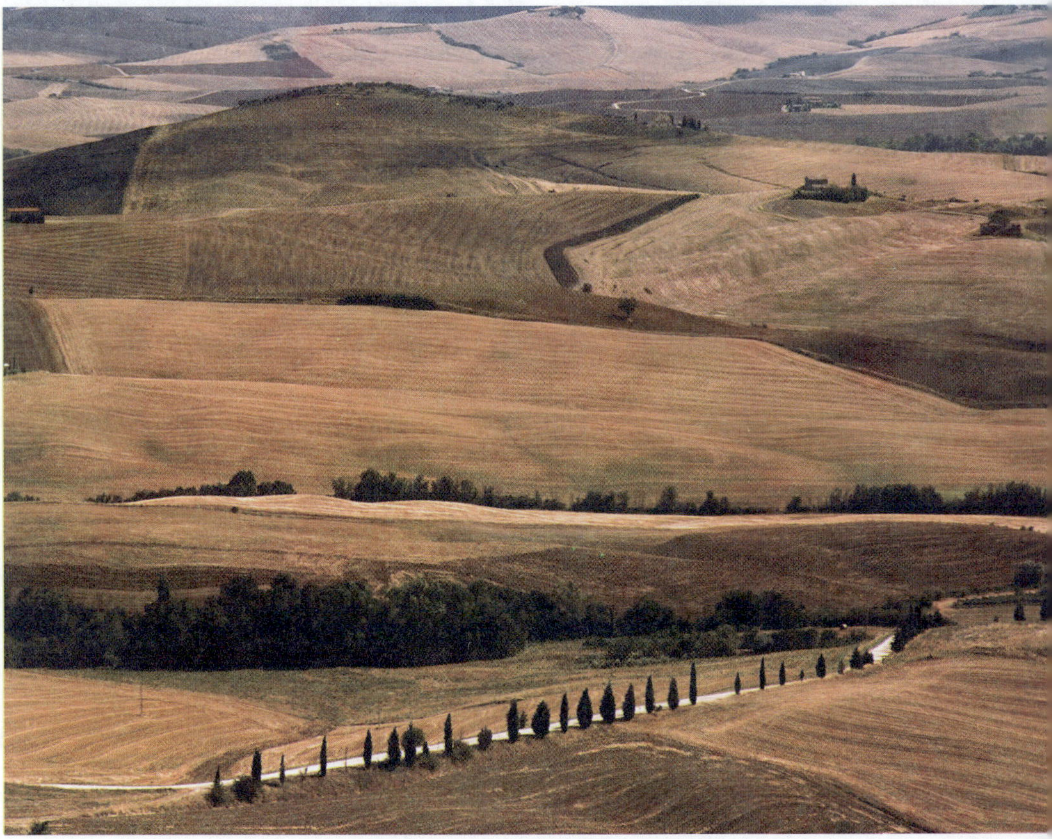

181

Highway》，它召唤着我们向远方出发，难怪我对它一见钟情！

最近喜欢的，是蓝草乡村音乐。20 世纪 40 年代，在美国肯塔基州的山区出现了乡村音乐的另一个分支，叫蓝草音乐（Bluegrass Music）。它在乡村音乐的基础上，吸收了当地古老的玉米脱粒晚会上的班卓音乐和提琴音乐，以及南部山区的叙事歌曲等因素发展而成。遥远的肯塔基，美丽的蓝月亮，一如 Bluegrass 这个名字。这样的声音里，甜美地睡一个午觉，Banjo 轻妙，Fiddle 光滑，不必担心它们会吵着你。在《I will》的歌声里醒来时，你会发现，原来世界上将蓝草之声唱得最动听的那个人叫 Alison Krauss。虽已获奖无数，Alison Krauss 的歌声依旧那般质朴、洗尽铅华，我把她的声音形容为丝绒，甜而不腻，温柔而不滥情，像一位老朋友的娓娓诉说。

我对乡村的意淫依然继续，几年前买了房子，本来一直钟情于北欧风情的极简，但一次与瑞士乡村风格的偶然邂逅，让我不可救药地在一秒钟之内改变了决定。曾经钟情的北欧风情突然间显得那样的冰冷，豪华的洛可可风格我一向敬而远之，而乡村风格那种轻松与随性，充满包容与温暖，让我乐在其中，让岁月舒缓地滑过。

我其实清醒地知道自己叶公好龙着，我无法离开繁华的城市，对乡村保持着遥望的姿态。不是因为距离产生美，乡村其实是我的一个梦，我不希望这个梦过早地醒来。

好在，乡村的梦，可以在旅行中得以延续。N 多年前，看了一部《托斯卡纳艳阳下》的电影，故事渐渐地淡漠了，片中的景色却愈加挥之不去。夏日的托斯卡纳，连绵起伏的原野，或是绿色的草地，或是裸露出土黄色的大地，或是一棵卓尔不群的丝柏树，孤独而傲然地挺立在那里。金色的阳光仿佛从天上倾泻下来，浓密而黏稠，这样的景色，只能用梦幻来形容。

那一年的夏天，我终于亲身走进这样的梦境。曾经以为，电影毕竟是艺术化的，现实的美景肯定要打一些折扣。却不曾想，我眼前所看到的景象，比电影更加梦幻、更加不真实。整个托斯卡纳美丽的风光，就像一幅出自大师手笔的美丽油画，美得让人心颤，美得让你恍如隔世，美得充满不真实感。与普罗旺斯相比，托斯卡纳的田园有更多的曲线与细节，有更多的颜色与脉络，更波澜壮阔、更丰富、更多情。托斯卡纳风格是乡村的、简朴的，但更是优雅的，它是建筑与大自然的有机结合。将当地奶白的象牙般的白垩石，著名的托斯卡纳金色阳光，红色的土壤，浓绿的森林葡萄园和牧场，浅绿的橄榄树果园，深色的红宝石光泽的 Chianti 酒……各种颜色调和在一起，就是托斯卡纳。

○ 科尔托纳的温情

"油绿绿的一片亚平宁山脉，随着山坡向山谷徐徐舒展，一栋栋色泽醇和的瓦顶石头农宅，则像铁锚一样，把一片片农庄牢牢地碇在大地上。"电影《托斯卡纳艳阳下》改编自弗朗西丝·梅耶斯的小说，在这本书中，作者如是描写。

这一天的科尔托纳，不但不艳阳，而且根本没有阳光。可是，托斯卡纳的小城，即使没有阳光，依然有一种让人开怀的调子。何必刻意去寻找电影的足迹，例如影片中那个喷泉，根本就是道具，小城自有它悠闲的味道。科尔托纳是托斯卡纳最古老的中世纪山城之一，建在海拔六百米高的山上，坚固的城墙从半山腰一直延伸到山顶。许多阶梯般迷人的巷弄独具特色弯曲在城中心，精致的古宅精巧地坐落在巷弄旁，完全保留着中古世纪的风貌，正在诉说着几百年岁月间的没落凋零。难怪梅耶斯在书里会这样描述："如果一个14世纪的死者在今日复生，他依然找得到他住的房子，而且发现房子完好无缺。"

更为美妙的是，中午时光，在那些小巷中穿行，各种食物的香味一股脑儿飘过来，那完全是一种家的气息。意大利的美食从不会让人失望，葡萄酒、面包与橄榄并列为托斯卡纳餐桌上的三要素。在托斯卡纳区，人人都是品酒的专家，他们对于葡萄酒的每一个细节都有讲究，甚至连葡萄产在阳坡还是阴坡、土壤中黏土与沙土的比例、某年某地的天气这种小差别也能从酒最后的口味中分辨出来。至于用某一种酒配什么菜、什么奶酪、什么橄榄油也是极为讲究。

在托斯卡纳，人们的性格不像意大利北部那么稍显冷漠，亦不会像南部那样热情似火，他们落落大方，脸上总是挂着善意的笑容。这些笑容总是会怂恿我，让我蠢蠢欲动地做一些出格的事情。那些巷子中的美味太过诱惑，我不可救药地将鼻子伸入一个老奶奶的客厅里。深红色的古典家具，被乡村岁月打磨出印迹；红砖砌成的壁炉已经有一部分被熏成暖暖的黑色；红格子餐布铺就的餐桌上，所有的餐具都是暖色调的，再加上几瓶随意放置的红葡萄酒，满是阳光的味道。老奶奶花白的头发，围着一条满是向日葵的围裙，正在边干活边看电视。突然看到窗外一个奇怪的东方人那窥探的眼神，老奶奶先是打了一哆嗦，转瞬就散发出慈祥而宽慰的笑容。然后，竟然又递出几只黑色的饱满的散发着诱人光泽的橄榄，来安慰那个窗外已经目瞪口呆的

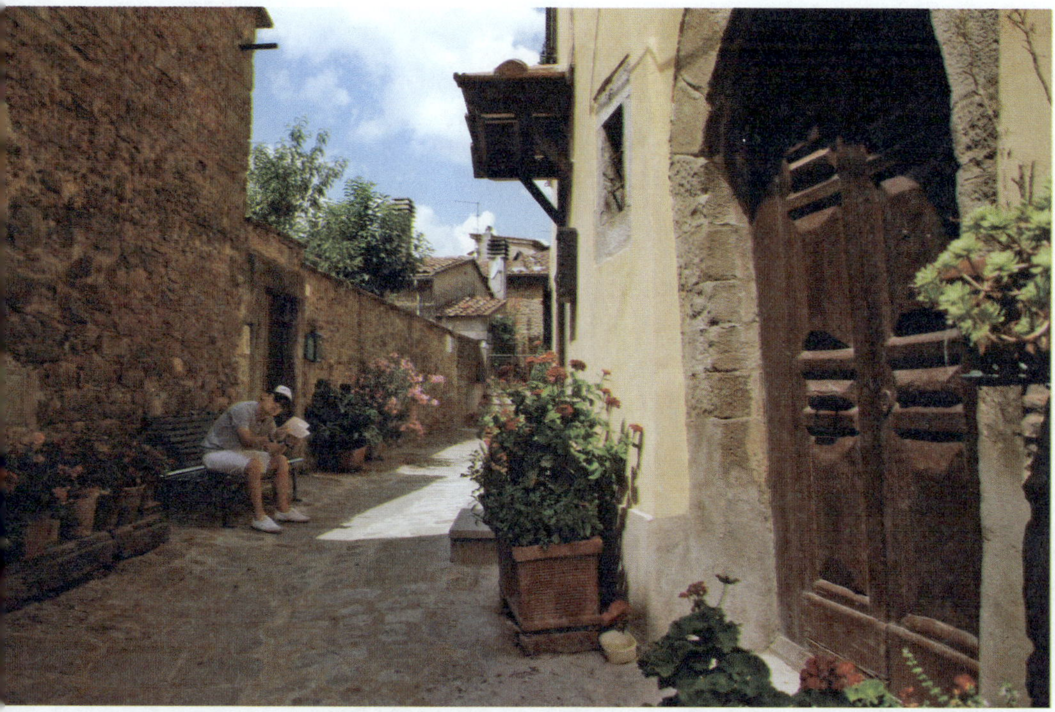

傻孩子。

《托斯卡纳艳阳下》的扉页上，轻轻飘着这么一句话：生活不断赐予你许多机会，而你唯一需要做的只是其中一个。这一天的科尔托纳，没有阳光，依然灿烂！

○ 从锡耶纳走进中世纪

锡耶纳是托斯卡纳最大的一个镇子，有点城的样子了。它原汁原味的中世纪古城的模样，形成一种博大的、梦幻的、电影般的氛围。行走在这座城市中，我完全被那种盎然的古意所淹没。那样的氛围让我完全忽略了熙熙攘攘的人群，仿佛推开一扇门，就会走进几百年前的历史。

锡耶纳建于公元前 29 年，是至今仍保存完好的中世纪城市。如果说佛罗伦萨是文艺复兴的摇篮，锡耶纳就是这个摇篮中的一件艺术精品。19 世纪英国诗人勃朗宁和勃朗宁夫人传奇般的爱情私奔地，小说《看得见风景的房间》里的葡萄园，都以这里为背景。进城之前，先经过锡耶纳大学，大学创建于 1240 年，是意大利和世界上历史最悠久的大学之一。阳光透过拱形的窗廊映射在地板上，另一侧是古老的壁画，音乐系的学生们在唱着咏叹调，有一刻我眯上了眼睛，乘着歌声的翅膀，感觉像是要飞起来。

田园广场是锡耶纳的灵魂所在。其独特的贝壳造型堪称建筑史上的杰作。从高处俯瞰，广场呈巨大的扇形。广场不仅在空间上是全城的中心（所有的街道都通向广场），也是锡耶纳人精神上的重心。

187

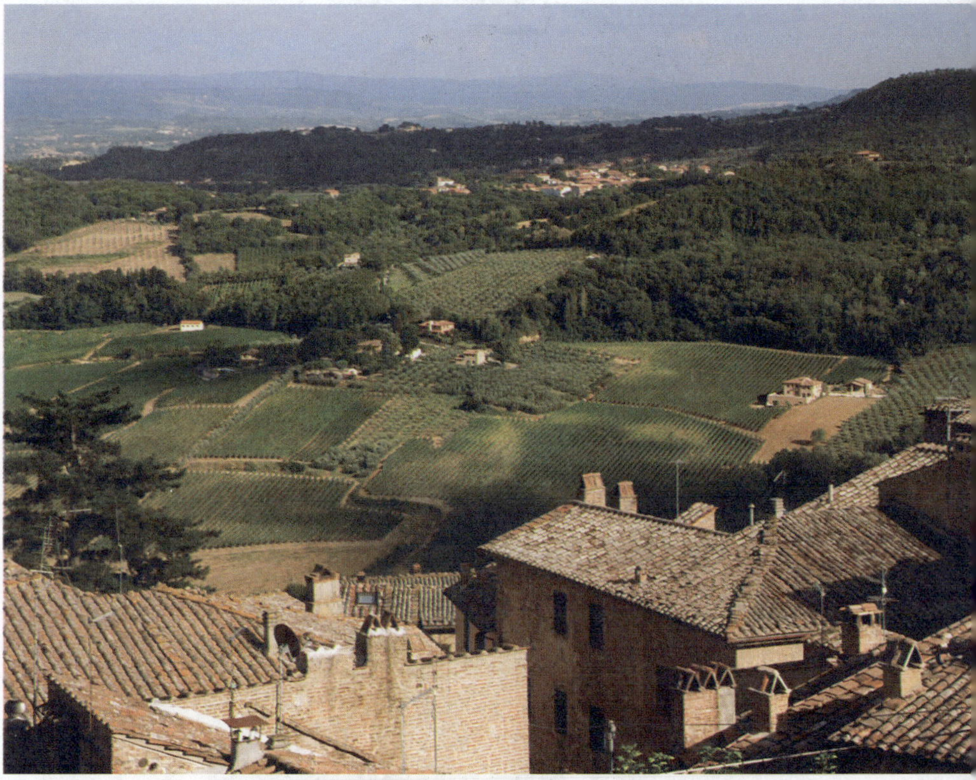

189

广场的祭坛上每天都有公开弥撒，由于住房和商店都面向广场而建，因此居民和手工艺人不必走出家门或停下手中的活就可以听到弥撒，锡耶纳人生活中的重要事件都在广场上进行。每年夏天的 7 月 2 日和 8 月 16 日，著名的 Palio 赛马节就在广场上举行，单是想象那种万马奔腾的景象，就已激动不已。

锡耶纳，如一场不散的电影，走在其中，总会觉得将与影片中的人邂逅。《007 大破量子危机》里，一场声势浩大的赛马活动吸引着上万平民，场地不远处的一间小古堡里，邦德正审问着怀特。一分钟之后，邦德和内部反叛分子展开追拼，两人飞檐走壁，在锡耶纳的街沿屋顶之间奔跑跳跃。而二战影片《战争与回忆》里，主人公拜伦遇见他妻子的城市亦是锡耶纳，在这个广场上，一段曲折而美丽的爱情由此铺陈开来。他的犹太妻子陪她叔叔一直居住于此。这是拜伦一直挂念的城市，在漆黑的大洋深处，在潜艇里，锡耶纳的阳光，温暖了那个冰冷的水下世界。

锡耶纳的大教堂位于古城最高处，表面镶嵌着黑白相间的大理石，它的结构复杂到无法言说，最特别的是连接教堂两部分的拱形桥，艳阳下看人们穿梭其上，有着强烈的不现实感。教堂上的雕塑均是复制品，真迹全在教堂的博物馆内。沧桑的石头雕像在黄色的灯光下，让我想起了 N 多类似《偷天陷阱》、港产片《纵横四海》之类的盗宝场景。沿着狭窄的台阶爬上去，俯瞰全城，赭红色的城市，美丽的葡萄园，一览无余，这样的场景，总是百看不厌。

年年岁岁花相似，岁岁年年人不同。世事沧桑变迁，锡耶纳亘古不变，锡耶纳一日，真的好像去了一次中世纪。

因其丰富的艺术遗产和极高的文化影响力，托斯卡纳被称为华丽之都，被视为意大利文艺复兴的发源地。许多有影响力的艺术家和科学家都出自这里，如彼特拉克、但丁、波提切利、米开朗琪罗、马基雅维利、达·芬奇、伽利略和普契尼等。那些艺术的光芒固然耀眼，但是乡村的宁静，才是我偏爱这片土地的原因。托斯卡纳所代表的乡村生活，是历经数百年漫长岁月的磨砺与考验的完美生活，更是人们寻求悠然、浪漫、温暖情怀的最好居所的精神寄托。

陈丹燕曾经写道："我来世想做一棵树，长在托斯卡纳绿色山坡上的一棵树。要是我的运气好，我就是一棵形状优美的柏树，像绿色的烛火一样尖尖地伸向天空，总是蓝色的、金光流溢的天空。"我也想做那一棵树，一棵傲然而逍遥的树，一棵悠然而坚决的树。

CHAPTER 10 Italy

威尼斯·你在桥上看风景

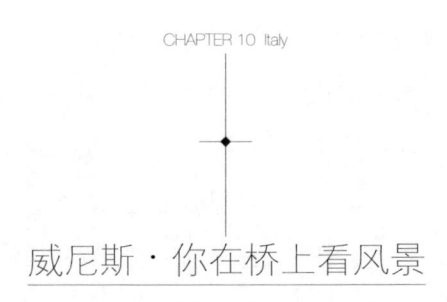

你站在桥上看风景

看风景的人在楼上看你

明月装饰了你的窗子

你装饰了别人的梦

卞之琳《断章》

在威尼斯，我的脑海里，总是涌动着卞之琳的这首经典篇章。

这座城市，有着太多的光荣与梦想，有着太多的温存与柔情，小桥流水，桨声灯影，这个世界上，恐怕难以找出比它更浪漫的城市了。

威尼斯最大的浪漫，在于它建在最不可能建造城市的地方——水上。威尼斯的风情总是离不开水，蜿蜒的水巷，流动的清波，它就好像一个漂浮在碧波上的浪漫的梦，诗情画意，久久挥之不去。这个曾一度握有全欧洲最强大的人力、物力和权势，面积不到七点八平方公里的城市，却由一百一十八个小岛组成，一百七十七条运河蛛网一样密布其间，这些小岛和运河由大约四百多座各式各样的桥梁缀接相连，而整个城市只靠一条长堤与意大利大陆半岛连接。

193

194

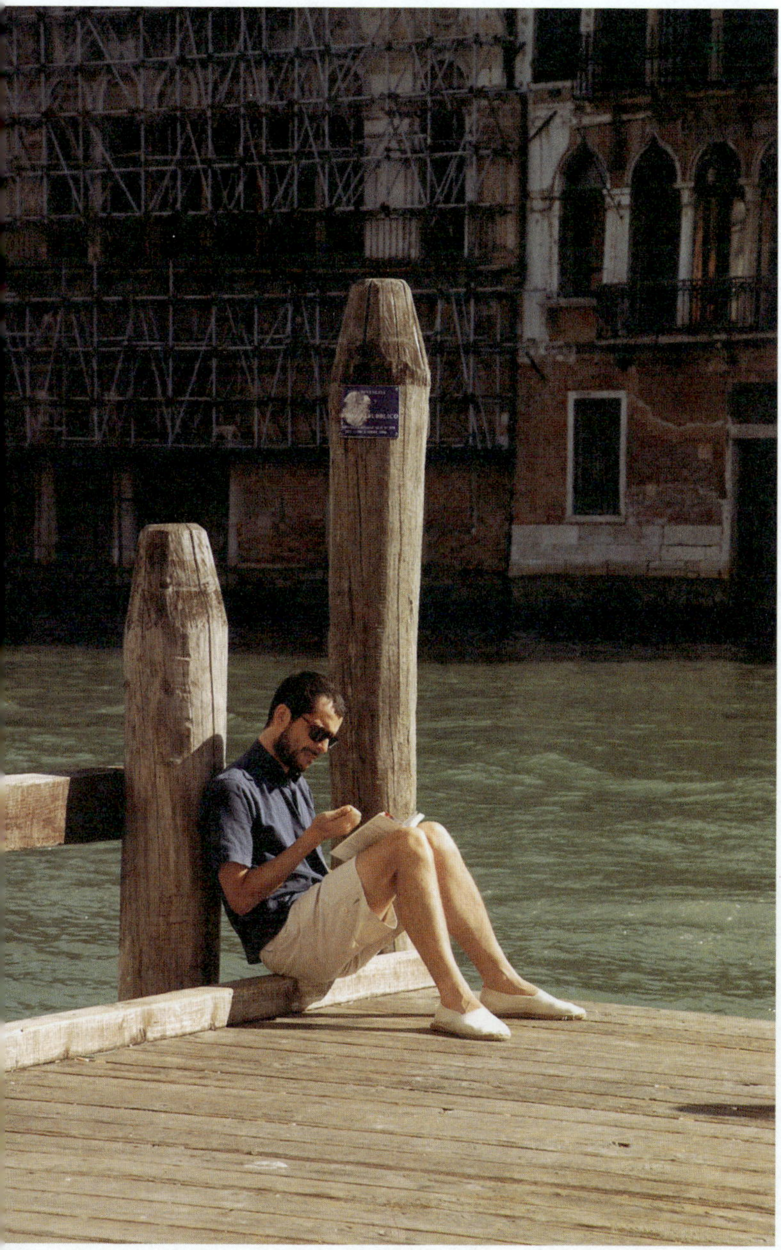

当你在桥上看风景的时候，桥两侧那些色彩缤纷却充满沧桑的老房子里，正有人透过窗台默默地看着你。时间和空间，有一种异常华美的错乱感，而诗意，就在这样的意境中游走，慢慢潜沉在你的心里。

○ 威尼斯的繁华里

也许是因为诗人徐志摩的缘故，在中国更为出名的却是叹息桥（Ponte dei Sospiri）。叹息桥造型属早期巴洛克风格，桥呈房屋状，上部穹隆覆盖，封闭得很严实，只有向运河一侧有两个小窗。叹息桥是一座拱廊桥，架设在总督宫和监狱之间的小河上，因死囚被押赴刑场时经过这里，常常会发出叹息声而得名。阳光下的叹息桥，幽雅梦幻，我也不由得叹息了，不是无奈，而是赞叹。

威尼斯尖舟有一个独具特色的名字：贡朵拉。这种轻盈纤细、造型别致的小舟一直是居住在泻湖上的威尼斯人的代步工具。贡朵拉的制作严格而又讲究：长十一米，宽近一米半，以栎木板为材料，用黑漆涂抹七遍始成。坐满六人，加船夫一人。古时候威尼斯日常生活的情景便依稀浮现出来。

贡朵拉有两个部位可体现工匠们的想象力，一个是自然奔放的船头，很像15和16世纪用的六齿钺戟。另一处就是船身上的装饰，小船上通常装饰着金色的雕塑，或是吹号，或是举着旗子。雕塑的姿势非常奔放、极其精美、极尽繁华，展示着这个城市的无限创造力。

我的船夫身着蓝色条纹的船工服，撑一根长杆，以不可思议的矫健身手穿行于水城。我恭维他的名字好听，于是，这位热情的意大利人便哼唱起动人的歌剧，真的不比帕瓦罗蒂差。河水两到三米深，水巷时而幽深，时而宽敞，穿行于河上的小桥时，人们都会情不自禁地举起手相呼应,真可谓人在景中,景在人中。

威尼斯固然有许多有名的桥,但我更偏爱的,却是那些水巷中无名的桥。我在小河与小桥之间游荡,在那样美的光线中,水、人、建筑,发生了美妙的化学反应,那是一种只属于威尼斯的美。

○ 迷失的路途,与优雅邂逅

迷路,是威尼斯永恒的主题,但是,人恰恰是在迷失方向时才会有所发现。我站在一座无名的桥上幸福地发呆,一个明黄色的身影,从河边那座砖红色的老房子里走出来,映入我的眼帘。那是一个优雅的老太太,一身明黄色的衣服,不知道是哪个大牌的风衣(威尼斯虽小,但寸土寸金,几乎所有大牌均在此设店),还是她的工作服。总之,在阳光下,水岸边,这样的明黄太过醒目,再配上她的银发、银色的眼镜、白色的鞋子,与白色的珍珠项链,瞬间,两岸的风景都黯淡了。

老人拿着一把笤帚,就那么不慌不忙地打扫着自家门前的小街,可是那样的身影,一下子就让桥上、路边的 N 多美女变成浮云。小时候,大概老爹老妈都说过这样的话吧:哼!再不好好学习,长大以后让你去扫大街。可是,看看这个优雅的老人,扫大街怎么啦?一样可以像弹奏钢琴、像跳华尔兹一样优雅!

她转身进了屋,我以为打扫已经结束,谁知老人家又拿出一把小刷子,刷着台阶儿上的浮土。未曾想,还有一出儿呢,她又转身回去,拿出一块抹布,仔细擦着外墙上的雕饰。不仅优雅,而且专业,真是让人叹为观止。

老人的动作异常认真,也许从小,这一方河水,就是她的镜子,见证了她从豆蔻年华到长大成人,到银发老人。见证了她的优雅与从容,见证了她的漫漫人生。

桥上,所有人都停下了脚步,目睹着这场突如其来的Fashion Show,直到目送老人徐徐走进屋,关上门。有人吹起了口哨,有人在鼓掌,更多的人和我一样,轻轻呼出一口气。刚才的那一幕,简直像一个华丽的阴谋,谋杀了所有人的眼球,简直是一场蓄意的演出,让人屏住了呼吸,生怕打扰了她,生怕这场美丽的"演出"吹弹即破,戛然而止。

有人这样说:"有一个大神秘,隐藏在威尼斯的繁华里——总有一天,整个威尼斯会沉到亚德里亚海的水底下去,这是它最美丽的结局。"

199

CHAPTER 10 ITALY

西西里·回不去的天堂电影院

人不能两次踏进同一条河流，就好像那一年的西西里，它就是一个天堂电影院。那个影院，它的梦幻、它的色彩、它的光线，都跳跃着绮丽的梦境般的光芒。行程结束，如电影散场，你心有不甘地走出影院，走到现实的世界中，只留一个梦，在记忆的深处闪光。

○ 锡拉库萨，西西里的美丽传说

不知道是一部电影光辉了一座城市，还是一座城市成就了一部电影。总之，我喜欢跟着电影去旅行，那些荧幕上的光影，就是旅行中的脚步；跟着电影去旅行，将他人的传奇，演绎成自己的故事；跟着电影去旅行，在风光旖旎的外景地，当一回自己的主角；跟着电影去旅行，天空中没有翅膀的痕迹，但我已飞过流年似水。

去西西里的旅行，完全是受意大利导演朱塞佩·托纳多雷的影响。他的影片数量不多，大多以家乡西西里岛为背景，题材也偏好少年的憧憬和老年的回忆。他的电影，是每个人的童年，每个人的家乡，每个人的初恋，是最后绵绵长长一直伴随到死，渗透到了血液里灵魂里的记忆和感觉。而那些影片中的光线，和那些光线中破败的小镇，于我而言，都有一种无比惊艳、风华绝代的感觉，我彻底中了它的魔，

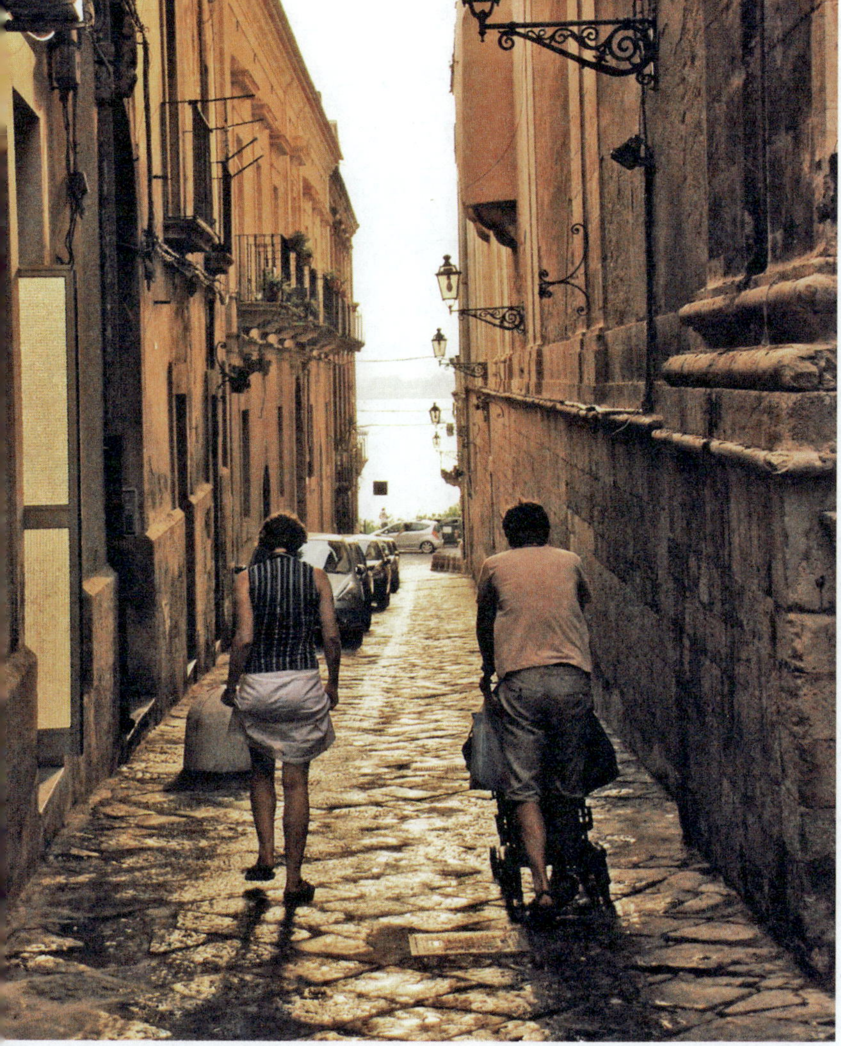

唯有乖乖前往，才是一种解脱。

　　叶芝曾说："多少人爱过你青春的片影，爱过你的美貌，以虚伪或是真情。惟独一人爱你那朝圣者的心，爱你哀戚的脸上岁月的留痕。"其实，也不是过高的境界。看过《西西里的美丽传说》，玛莲娜惊艳绝伦，她撩着波浪状黑亮的秀发，穿着最时髦的短裙和丝袜，踏着充满情欲诱惑的高跟鞋，来到了西西里岛上宁静的阳光小镇。她的一举一动都引人瞩目、勾人遐想，她的一颦一笑都教男人心醉、女人羡妒。玛莲娜，像个女神一般，征服了这个海滨小城。可是她最美的时刻，却是影片结束时菜市场里的憔悴容颜。夕阳西下，染红了地中海，染红了那条海边的路，她缓缓回头，淡然而去。迟暮的美人与夕阳一样，凋落的一刻，美得惊心动魄。

　　美人如是，夕阳如是，一个城市的美亦如是。崭新的光灿灿的城市固然光洁动人，终归是粗浅的缺乏内涵的，而意大利的城镇，就旧得有种落魄而丰韵的美。恰如这部影片的外景地，锡拉库萨。小城的中心，就是电影中那个宏大的、瑰丽的巴洛克广场。那一刻，不是你朝它走去，而是电影中的场景扑面过来。广场上的大教堂曾是一个庙宇，后来变为教堂，巴洛克的外观仅仅掩盖了底下坚固的雅典娜神庙，其巨大的建于公元前5世纪的多利安式柱子，从里面或是外面都清晰可见。由于西西里岛特殊的地理环境，锡拉库萨的历史，就是一个不断被征服，不断毁灭，不断重建的过程。自从公元前734年希腊人建立了这座城市，在漫长的岁月中，汪达人、阿拉伯人、诺曼人先后统治过这里，纵然历经沧桑，锡拉库萨依然美丽。

　　从教堂沿着小巷往前走，巷子尽头的阳光、海水、天光混在一起，美到让人沉沦。走到海边的时候，天就完全放晴了，大海狂野地燃烧

锡拉库萨影片中,
玛莲娜曾无数次走过的大广场。

巴勒莫,普雷托利亚喷泉。

喷泉四周,精心安置了二十多尊神话中的河神、仙女、

精灵等裸体石膏像。

起来。电影中，几个男孩子守在海边的小路上，等着玛莲娜款款走来，我就站在这里，即使没有绝世的美人，依然无比愉悦。影片中，小男孩雷纳不再是个孩子，他爱上过很多女人，在决定回避自己对玛莲娜跨越整个青春的爱恋时，他仍是一个陌生的人，帮玛莲娜捡起散落在地上的苹果，并由衷地说了一句：祝你好运，玛莲娜女士。

燃烧的大海边，燃烧的海滨小路，无论此时走来的是谁，我都会微笑地说一声：祝你好运！

○ 巴勒莫，黑手党老巢的奇遇

朱塞佩·托纳多雷的"时空三部曲"中，《西西里的美丽传说》是春宵一刻的梦，它只能成为记忆中的闪光；而《海上钢琴师》，正如它的名字，是一个传奇；我最喜欢的，还是《天堂电影院》，除了爱情与亲情，影片的主题其实是关于乡愁，对逝去了的故乡纯真如初的乡愁。影片最动人的场景，就是头发花白、功成名就的图图返乡的那段，他只有回到这里，才能回到自己的心里。

朱塞佩·托纳多雷出生于巴勒莫附近的小镇，童年的记忆以及对于故乡的热爱，让他完成了《天堂电影院》这部电影。非常讽刺的是，巴勒莫，作为臭名昭著的黑手党的老巢，这座城市，真的很不"天堂"，甚至很"地狱"。黑手党，这个从上世纪起谈到西西里就永远无法回避的词汇，让这里的历史蒙上了更多神秘的色彩。巴勒莫的国际机场叫法尔科内·波尔塞里诺机场（Falcone-Borsellino Airport），就是为了纪念巴勒莫两位反黑手党的战士：著名大法官乔瓦尼·法尔科内（Giovanni Falcone）和保罗·波尔塞里诺（Paolo Borsellino）。两人于1992年在巴勒莫被黑手党杀害。

不过，你之砒霜，我之甘露，对于每个人来说，自己的故乡总是最美的。而当我带着惴惴不安的心情抵达巴勒莫时，已是黄昏，之前从佛罗伦萨坐了十几个小时的夜火车，疲惫不堪，心情基本 down 到谷底。但是拉着沉重的箱子，走在巴勒莫熙熙攘攘的街头，突然就 high 了起来。因为不一样，因为和之前所有的意大利，都完全不一样！简直像进入了另一个国家，难怪有人说：意大利不是欧洲，西西里不是意大利，果真如此！

这种狂野的味道，和意大利的热情不一样，它是一种没有秩序的、让人兴奋的嘈杂，破旧得好看的建筑，脏乱得充满人间烟火的气息。黄昏的阳光，依然如此浓烈，狭窄的暗仄的小巷里，咄咄逼人的眼神。阿拉伯人、黑人、不太一样的意大利人，擦肩而过时，必须时刻注意自己的背包。它让我的心跳加速，那种刺激的感觉，如在悬崖上采到一株娇艳的玫瑰。

巴勒莫是西西里岛的首府，也是西西里的第一大城，是个地形险要的天然良港。歌德曾经称这里是"世界上最优美的海岬"。巴勒莫的历史过于厚重，2800 年来，它历经了腓尼基、古罗马、拜占庭、阿拉伯帝国、诺曼、西班牙王国和意大利的统治，承载着丰富的文化和艺术，这些历史在建筑上得到充分的体现。

巴勒莫最华美的建筑，是离市区八公里以外的蒙雷阿莱大教堂。这座教堂是西西里岛诺曼式建筑风格的最好代表，融合了诺曼、阿拉伯、拜占庭的古典风韵。公元 12 世纪，诺曼王威廉二世在这里修建了这座大教堂，教堂内景如一个装满珠宝的巨大盒子，因金箔、绘画和五颜六色的大理石而闪闪发光。最让人赞叹的，是它的中殿和木制天顶是由从早期古典建筑中挽救出来的圆柱支撑着，这样的结构相当罕见。更绝的是这里的镶嵌画，把金箔烧入透明玻璃中，是西西里马赛克的一大特色，这满墙的金碧辉煌都是由真正的黄金造就，四十二个篇章描绘了从创世纪到圣母升天的故事，令人惊叹。

教堂已经如此美轮美奂，可是我此行的真正目的，其实是教堂附带的修道院，那些阳光下闪耀的米色柱子，恍若一座天上的阿拉伯宫殿！这一四方院的阿拉伯式拱门由二百二十八根成对的圆柱支撑，柱子纤细，柱上马赛克图画非常精美，综合来说，它们代表了中世纪西西里独特的雕刻历史。

那些古老的建筑，那些岁月的印迹，让我的心渐渐平复下来，一个不可理喻的念头突然迸发出来，并且不可抑制地疯狂生长。

那就是：我想剃一个光头！

在西西里岛的旅行，是我四十天欧洲之旅的尾声，之前在国内剪的头发已经过于茂盛。在这濒临地中海的盛夏的岛上，我整个人热得都快脱形儿了，大腿与小腿简直就是黑白双煞，每天洗澡换衣服时，甚至听得见盐粒从衣服上刷刷往下掉的声音。再加上，与我同行的哥们儿，在意大利留学四年，他经验满满地告诉我：意大利男人最流行两种发型，一种是类似托蒂的长发，另一种就是他这种稍有点头发茬儿的光头。于是，当我在一条窄巷子里，发现一家理发馆时，立刻不由分说闯了进去。

小小的理发馆，有着典型的地中海伊斯兰风情，墙壁上方是鹅黄色的墙面，满是斑驳的印迹，下方则是浅色的瓷砖，最醒目的是座椅，红得触目惊心。理发师一看就是阿拉伯人，同样穿着淋漓尽致的红色上衣，当他拿起刀剪，目光如炬地在我眼前挥舞时，我是如此清晰地感觉到，胳膊上的汗毛全部齐刷刷地起立了！西西里岛，是意大利黑

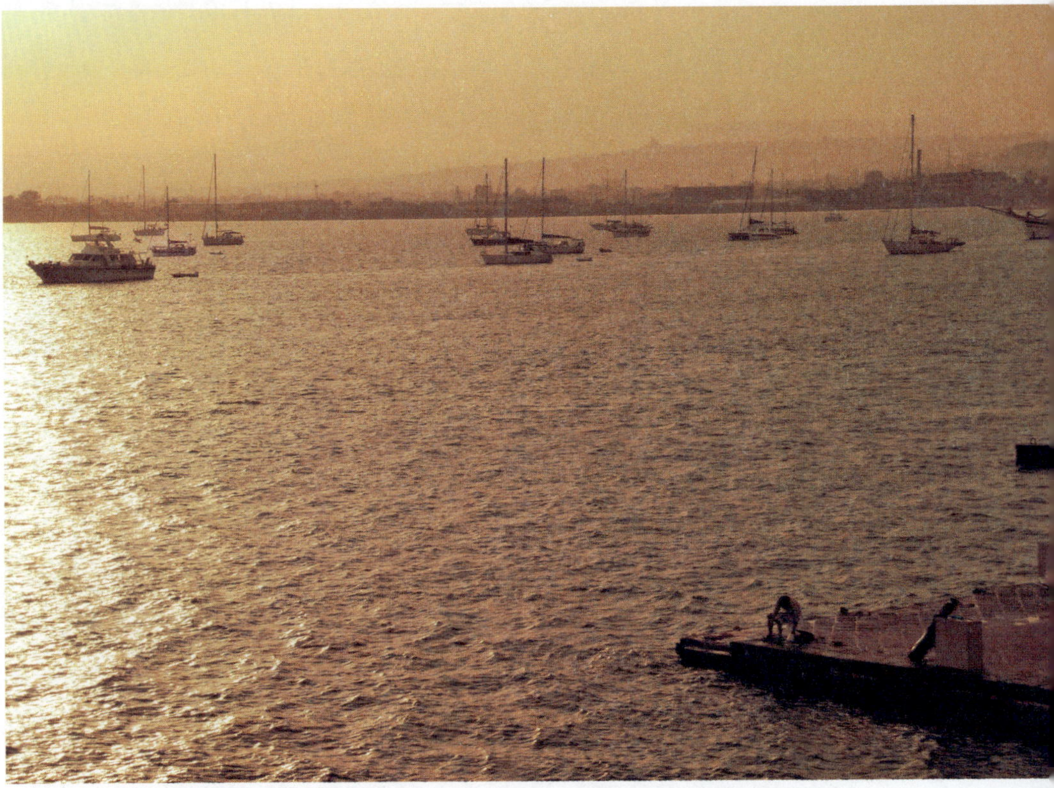

手党的大本营,是意大利治安最差的地方,而我们所处的,则是巴勒莫城市迷宫一般的小巷子里,这里的房屋相当破败,聚集人群大部分是北非移民和阿拉伯人。本来,行前,我打定主意不窜这样危险的小巷子的,谁曾想,居然还要在这样的地方,剃一个光头!

既来之,则安之,豁出去了,就让他摆布吧!于是,当理发师听明白我的要求后,拿起了推子,开始在我的头上耕耘起来。刚推了两下,我的心里就瓦凉瓦凉的,打我记事起,我就不记得自己曾理过光头,也许没吓着别人,可是这个崭新形象,着实把我自己给雷得外焦里嫩。

于是,我不由自主地长吁短叹,时而伴随两声惊呼。只见这位理发师,他的表情愈发忧郁起来,大概是以为我非常不满意他的手艺。他那豆大的汗珠子,开始吧嗒吧嗒地往下流,炎热的空气中,没有一丝风,只听见他微微的喘气声,愈来愈急促……

完全理完后,咦,没那么糟糕,镜子中的那个人,还挺精神!于是我开心地笑了,而旁边的理发师,则愈发忧郁了,身上的那件红色 T 恤,已经完全被汗水洇湿,难不成,是被我吓着了?

理个光头七欧元,不包括洗头,好像也没打算给我洗,我只好到附近的教堂院子里冲头。边冲边想着刚才的一幕,于是,在这黑手党的老巢,在这迷宫般曲曲折折的巷子里,在这宁静的小教堂,在这炎热的地中海的 8 月,在这明媚而梦幻的阳光里,我一脸的碎头发,一脸的水珠,想想便忍俊不禁,捧腹大笑。

如果,这时候有人进来,冷不丁看到这一幕,一定是"地狱"般的场景吧,可是,此时的我,却如在欢乐的天堂。

CHAPTER 11

SPAIN

西班牙

安达卢西亚·肆无忌惮的美丽

5月,当斯堪的纳维亚半岛还春寒料峭,当苏格兰高地还笼罩在迷茫的寒雾中,当法国的清晨与黄昏还微有凉意,伊比利亚半岛的西班牙,早已捺不住急性子,钻蓝的天空如永昼般不会落幕,金灿灿的阳光过于慷慨地洒满每一个角落。"五月的鲜花,开遍了原野",当我乘着火车掠过西班牙的土地,总是会想起这句歌词。红灿灿的罂粟花,如火般燃遍了一望无际的草原,经过冬与春的蛰伏,这片生机勃勃的大地一如这片土地上的人一样充满激情。

西班牙南部的安达卢西亚,气候是最干燥的,阳光下大片大片干黄的土地,荒蛮却不寂寥,一行行的橄榄树从路边一直延伸到天边;在科尔多瓦一座座迷人的白房子里,主人们热情地敞开大门,盛放的花儿肆无忌惮地开了满墙满院;在塞维利亚,四月节正浓情上演,美丽的西班牙女郎们,穿着节日的盛装,在弗拉门戈的曲子中奔放地舞蹈与歌唱;几乎同一时刻,赫雷斯马节也如火如荼地进行着,骏马们

211

闪亮着鬃毛，踏着优雅的步子出场。5月的安达卢西亚，是节日的安达卢西亚，所谓的优雅在他们放肆与世俗的欢庆中不堪一击，大街上的老人与孩子随时随地在歌唱与舞蹈，他们的欢乐是如此忘情，让我那点可怜的小含蓄无地自容。

　　西班牙的土地并非都是荒蛮与干旱的，在中部与靠近大西洋的北部，一样有沁人的绿色与小雨，在雄伟的比利牛斯山脉，冬天一样有雪花和滑雪场。人的性格与环境是息息相关的，这里的人们，比南部更多了一些沉静。但那些伟大而壮观的景色，却更加让我震惊与动容。这里的景象，常常是美到让我猝不及防，没有一丝的铺垫，惊心动魄就如波涛般汹涌而来。在昆卡，那些悬崖上的房子；在萨拉曼卡的高处，俯瞰城里的主教堂；在塞哥维亚，当年罗马人建造的引水渠；在托雷多的山上，黄昏时分的峡谷里的房子；在圣地亚哥，雄伟壮观的天际线……是的，西班牙的景象，就像他们的性格，不留一点余地的美！

　　西班牙并非不懂忧伤。这是欧洲与非洲最接近的土地，因为地理与历史的原因，这片土地复杂而沧桑。凯尔特人，罗马人，穆斯林，法国人……这块土地不断上演着一幕幕侵略、征服与反抗。也因此，西班牙是欧洲最不欧洲的国家，而这也是它最有魅力的地方。同一个城市，你可以看见雄伟的天主教堂，可以欣赏迷人的伊斯兰花纹，可以领略穆德哈风格（穆斯林与天主教混搭的建筑风格）的独特风情，可以看到罗马人当年的遗迹，可以看到拿破仑铁骑下的生活足迹，你在历史与现实中穿行与迷失，可是这样的迷失是何其美好。西班牙人是如此投入地欢庆节日，其实都是为过往的苦难与不稳定买单，但是当你听到弗拉门戈的吟唱，看到舞者的表演，你会明白，这个民族，只是

213

将他们的忧伤深深地埋在心里。

如果你在五月来到安达卢西亚的小镇科尔多瓦，你将会看到一个前所未有的花花世界，你将会深刻体验何为"乱花渐欲迷人眼"，你会深深地沉醉于西班牙人的奔放与不拘一格，你的那点小烦恼将会一扫而空。

美丽的科尔多瓦，这座城市融合了穆斯林、犹太、基督甚至古罗马的文化，它是复杂的，但它又是和谐统一的。在安达卢西亚灿烂的阳光下，从瓜达尔基维尔河对岸眺望科尔多瓦大清真寺，黄色的外表熠熠生辉。大清真寺，是穆斯林在西班牙遗留下来的最宏伟最美丽的建筑之一。8世纪，穆斯林在此建造了清真寺，到了16世纪，一座哥特式基督大教堂，如一把刀，插在这个巨大清真寺的中心。所以，你可以叫它清真寺，也可以说它是基督教堂，总而言之它就是建筑史上的一个奇迹。最令人惊叹的是，它的每一部分都美轮美奂，当它们组成一个整体，依然美不胜收，平衡与和谐之美尽展无遗。

进入大清真寺，就是进入一个巨大的迷宫，那些一望无际的石柱森林，那些闪烁的黄金镶嵌和双排红白相间条纹的拱廊，充满魔幻色彩。现在殿内尚存850根石柱，将正殿分成南北19行，每行各有29个拱门的翼廊，每个拱门又各有上下两层马蹄形的拱券。清真寺的门窗，充满迷人的伊斯兰花纹，阳光透进来，将那些美丽的花纹洒满一地。我迷路了，可是我心中，却无比宁静与安然。

5月的科尔多瓦，一年一度的庭院节正在浓情上演。如果你去过德国的小镇，再看到眼前的花花世界，一定会非常惊讶。德国的小镇，窗台上花盆摆放得整整齐齐，像是用尺子量过，花形的大小，甚至花

215

216

儿开放的高度，都是那般精确。而科尔多瓦的鲜花，则蛮不讲理地密密麻麻地霸占了整个庭院，院子不够用了，就把花盆吊在栏杆上，栏杆不够用了，就把花盆挂在墙上，这么奔放，这么不拘一格。再想想德国人和西班牙人的性格，定然会会心一笑。

摩尔人的庭院，就是个小型的四合院：四方的院子，周边是房屋建筑，中间是个露天的庭院。讲究的大户人家，庭院正中会有喷泉，四周种满花草。如果院子很小没有喷泉，中庭也会摆满绿色植物和鲜花。在炎热的南部，这样的庭院，一进去，满眼鲜花，满耳水声，心就会立刻凉爽下来。科尔多瓦人是如此热爱他们的庭院、热爱花卉种植、热爱园艺，他们有自己的"庭院爱好者"协会。每年庭院节的时候，都会通过协会，授予最棒的庭院主人以"金花盆"奖。

天那么蓝，房子那么白，花儿那么灿烂，歌声那么响亮，在科尔多瓦，要想不热爱生活都很难！

沿着科尔多瓦一直往西走，会来到大西洋畔的韦尔瓦，同是安达卢西亚，这里的土地却没有那么蛮荒与干旱，大西洋湿润的风吹来，让这里满是橄榄树与黄色的野花。在韦尔瓦的 Montefrío 农场，那些漫山遍野的黄色野花肆无忌惮地开满了每一寸土地，清澈的山泉从草地上流过，这样美妙的庄园，它的主人，竟然是那些伊比利亚黑猪们。

进入庄园，眼前的世界一片宁静，主人 Armando 一声清啸，几十头猪以百米冲刺的速度，以狗一样的姿态，从四面八方聚拢过来，我的天呐，真是不看不知道，世界真奇妙。毫无疑问，每一只伊比利亚黑猪都是含着金汤匙出生的。当这个世界上的大部分猪还在烂泥汤里打滚的时候，伊比利亚黑猪们，则在西班牙灿烂的阳光下，在茂

218

密的橡树林中,在鲜花烂漫的青草地上,在潺潺的溪流中,或是漫步,或是撒欢奔跑。饿了,满地都是芳香的橡果儿,渴了,喝一口清甜的山泉。即使它们死去,依然享有尊贵与荣耀,被制成这个世界上最好吃,也基本上是最昂贵,让吃客吃起来"毕恭毕敬"的火腿。临死前,它们定会感慨万千:俺老猪这一生,算是相当完满了。

伊比利亚黑猪吃的是天然橡果,至少有四个月的放山无笼走动时间,而且它们的豢养时间也有别于"正常"。从圈养至放养到橡果园吃果,黑猪需饲养约十八个月后才能宰杀。世界各地其他的放养猪一般都是九个月,而伊比利亚黑猪的豢养时间多出一倍,所以肉味也最浓,成为同类之冠。

Armando与太太Lola,热情地请我们品尝他们家自己做的火腿,伊比利亚黑猪脂肪极多,又经过山间放养,经常运动,所以脂肪都渗进肌肉里,肉质都是"雪花"状,脂肪均匀地分布在层层肉里。好的火腿一定是红白相间的,红的是肌肉,白的是油脂。Armando拿着一把剔刀精细地剔出一片片火腿,吃的时候一定不要拿刀叉,在这个时候,过于绅士就会显得相当矫情,应当直接上手一片片放进嘴里,红肉的嚼头和白肉的油脂在嘴里相呼应、相缠绵,吃两口,再喝一杯鲜艳的雪利酒,那种滋味实在妙不可言。

Armando与Lola,脸上总是绽放着笑容,比安达卢西亚的阳光还要灿烂,他们打趣说:"总是在农场待着,人会变得和那些伊比利亚黑猪一样傻,不动脑筋,只会知足常乐。"这样的大智若愚,不正是我们追求的境界吗?安达卢西亚特有的白房子,掩映在高大的树木与花丛中,院子是如此静谧而悠然。这里同时还是一个小旅馆,四间客房中,有两间是专为残疾人准备的。

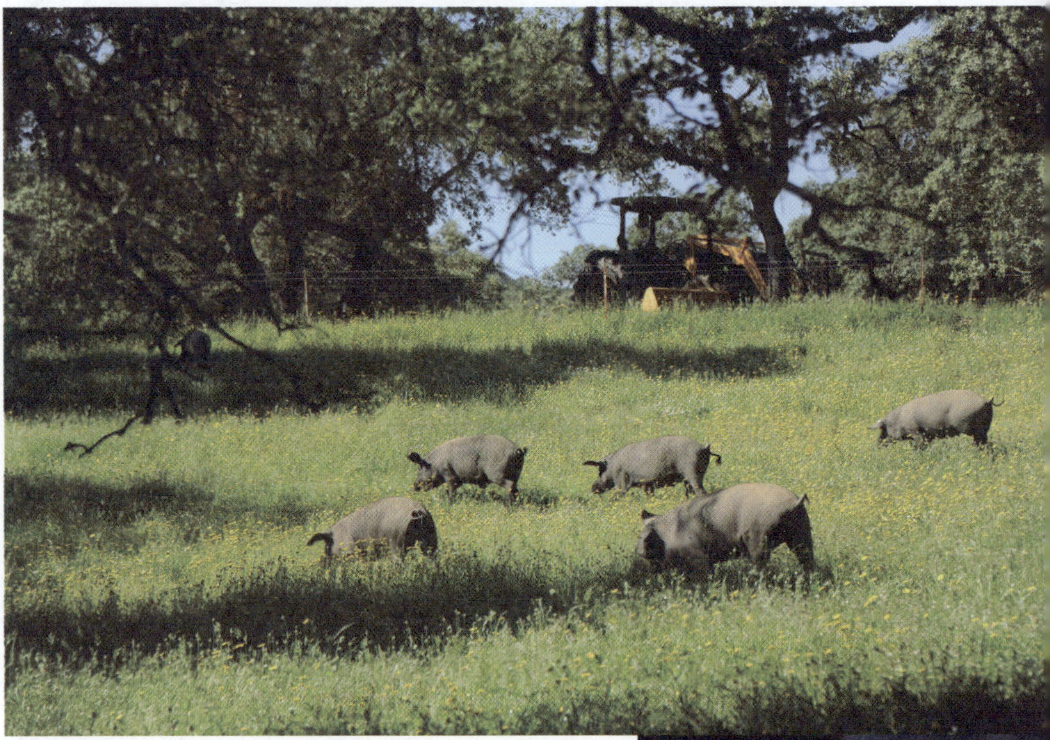

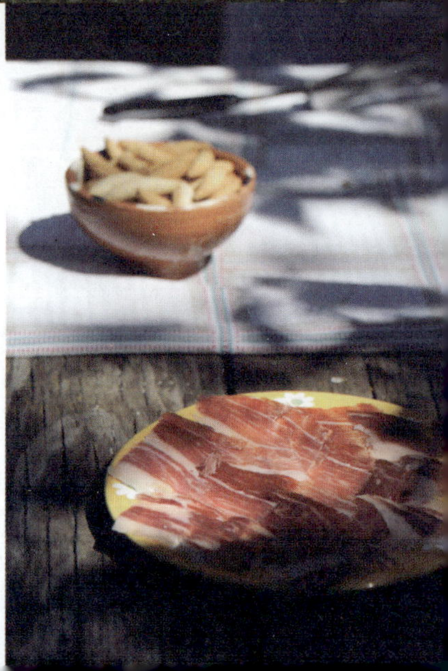

他们有两个孩子，在孩子的房间，我看到墙上有这样一段话：我们生活在乡村，我们放牧和种地，我们尊重大自然，我们选择了自然和健康的饮食习惯。我们喜欢在乡间漫步，听山涧的泉水，听鸟的歌唱，听风讲故事。春天，鲜花盛开，我们陶醉于满园的芬芳，骑着单车远足与野餐；夏日，泡在游泳池中，然后享受一个悠长的午觉；秋天，森林里满是蘑菇，我们背着箩筐采啊采啊总也采不完；冬日，看着丰沛的雨水滋润着土地，我们会欢呼，明年又是好收成！

经过冬天的寒冷与蛰伏，五月的鲜花，才绽放得娇艳。黑夜给了我黑色的眼睛，我却用它寻找光明。在西班牙，人们将苦难酿成了酒，吟成了诗，舞成弗拉门戈，如原野上那些灿烂的花儿一样，只展现给这个世界最美最奔放的姿态。

CHAPTER 11 SPAIN

萨拉曼卡·我的导游也叫萨尔瓦多

在萨拉曼卡古堡酒店的大堂,等待着我的导游,窗外,恢宏壮观的大教堂在阳光下熠熠生辉。

一个老人,脸上沁着汗水,嘴里微微喘着气,向我走来:"请问你是中国来的吗?"

"您是……萨尔瓦多吗?"老人看上去已经七十多岁了,我不敢确信。

"是的,我就是萨尔瓦多,和那个大画家同名。"老人脸上的笑容出乎寻常地热情。"那么你是从中国哪里来的?"

"北京。"

"啊,北京……北京……"萨尔瓦多不停地重复着,眼睛里依然闪着光。

西班牙人一向热情似火,这一路走来,我已经习以为常。和萨尔瓦多一起向古城中心走去,心中,渐渐愧疚起来。古堡酒店位于城市的最高处,有一段很陡的爬坡路段,我是从火车站直接打车到酒店的,完全没有留意。而之前,本来和萨尔瓦多约好是在古城中心的大教堂碰面的,七十多岁的老人,在这般火热的阳光下,爬了这么大的

223

一个坡,难怪刚才气喘吁吁。

"对不起,萨尔瓦多,让你走了这么远。"

"没事,这算什么。"老人使劲儿地摆着手。

迎面过来一个老人,显然是萨尔瓦多的老朋友,他们寒暄两句,萨尔瓦多指着我说:"这个小伙子,是从中国来的。"

"啊……中国,呵呵。"萨尔瓦多的朋友,一时找不着什么话。

"你好。"除了这一句,我也不知道该说些什么。

朋友走后,我问萨尔瓦多:"您在这里认识的人很多吧?"

"当然,我在这里生活了一辈子,这是我的城市!也是西班牙最美丽的地方。"

"我在西班牙旅行了近一个月,无论在什么地方,当地人都会自豪地说,我们这儿最漂亮!"我有些不厚道地回应他。

"是啊,西班牙有很多地方都很美,可是萨拉曼卡,是独一无二的。"萨尔瓦多明显有些急了,喘气更加急促了。

过了一座古老的石桥,我们来到了独一无二的萨拉曼卡老城,脚下的贝壳标志,提醒着我这里是通往圣地亚哥·德孔波斯特拉的朝圣之路。而面前的那座大教堂,愈发显得气势逼人。萨拉曼卡大教堂充分反映了西班牙复杂的历史和多元的文化,的确是独一无二的:新老大教堂屹立在一处,构成了一个杰出的历史艺术共同体。新的大教堂风格多样,包括哥特式、文艺复兴式和巴洛克式;旧的大教堂则是罗马式的古建筑,教堂内15世纪的祭坛画尤为醒目:由53块木版画拼接而成,讲述了基督与圣母玛利亚的故事。那些版画是如此富丽堂皇,它闪烁的光芒让人顿感自身的渺小,不禁有想要与上帝对话的渴望。

225

在新老教堂间穿梭,我被绕晕了,完全分不清哪里是新教堂,哪里是老教堂。萨尔瓦多得意地哈哈大笑:"我早说过了,这里是独一无二的!我们上塔顶看看吧,到了那里你就明白了。"

塔内的楼梯又窄又陡,萨尔瓦多又开始大喘气了,我忍不住劝他:"我一个人上去就行了。"

在欧洲,这样的"尊老"行为,是非常不招待见的,萨尔瓦多脸都涨红了:"不不不,我没有问题。"

楼梯上走下来一个气喘如牛的大胖老头儿,衬衫完全被汗水洇湿了。在这么狭窄的楼梯里,我只能将身体贴在墙上,才能让这胖老头儿顺利通过,而身后,传来萨尔瓦多热情的西班牙语,原来,这胖老头儿也是萨尔瓦多的朋友。

"这个小伙子,是中国来的!"

我本来是贴在墙上的,只好拼命转过身去,给胖老头一个笑脸,老头一脸的汗珠子,气喘吁吁,只是看着我无力地点头,连挤出一个笑容的力气都没有了。

萨尔瓦多,你饶了我吧!

站在教堂的塔顶,大教堂便以更完整的姿态呈现于我面前了,而这里也是俯瞰整个老城的绝佳场所。威廉姆伊大街上的砂岩所散发出的光芒,笼罩着城市中的大多数建筑,使其大放光彩,与众不同。萨拉曼卡是蓝色的,是绿色的,更是金光闪耀的,好似世人为它雕琢了一件亮丽的华衣。由于建筑萨拉曼卡城用的石料在夜晚的灯光下会闪闪发光,因此萨拉曼卡城也被称为"黄金之城"。

事实上我认为萨拉曼卡华丽得有些过头了,西班牙的五月骄阳似火,在金灿灿的阳光下,在这座城市华丽丽的教堂、修道院、大学、广场、拱廊间穿行游走,眼前呈现的是独特的银匠式风格和文艺复兴风格的建筑,哪儿都是极尽繁华之能事的雕刻、绘画与装饰,有一种极其不真实的游移感。而尽管被这座城市的华丽晕了头转了向,我依然不可免俗地去萨拉曼卡大学找那个传说中的小青蛙。

萨拉曼卡大学创建于1218年,是西班牙最古老的大学,也是世界上历史最悠久的几所高等学府之一。除了悠久的历史,大学本身的建筑亦是一场视觉盛宴,立面是用威廉姆伊大街上的砂岩粉饰的,建筑师用复杂华美的花叶形来装饰,它被世人认作对天主教国王的崇敬。萨拉曼卡大学正门立面上的雕塑也值得欣赏,精细的雕刻手法和讲究的线条图案无不渗透着这所古老大学的沧桑与智慧,如果你能找到躲藏在这雕刻中的小青蛙,就会在学业和爱情上交好运。就因为这个,我站在那门口仰面足足寻找了半个小时,依然无功而返。当萨尔瓦多指给我看的时候,我不禁惊呼出来,那只青蛙未免也太小了吧,完全就是大海捞针啊。

很不凑巧,正好赶上大学的毕业典礼,正门不允许游人进入,看着我失望的样子,萨尔瓦多沉吟片刻,带着我绕了几个圈子,来到了侧门。侧门同样有人把守,萨尔瓦多上前交涉,看来对方不同意,萨尔瓦多和对方争辩着什么,阳光下,老人的脸红得让人心疼。

"萨尔瓦多,没关系,我刚才没有找到那只小青蛙,这是上帝对我

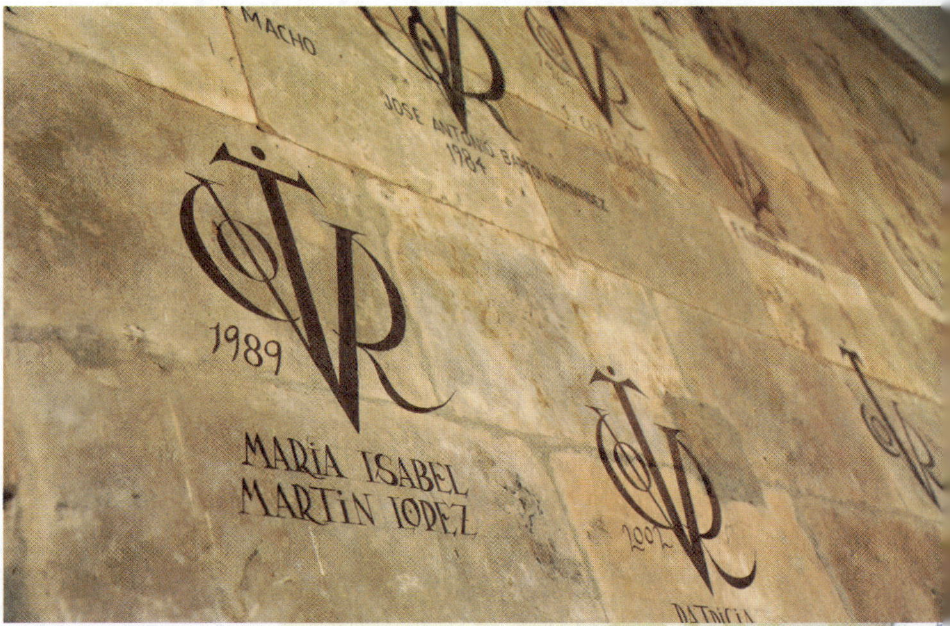
MACHO
JOSE ANTONIO
1984
1989
MARIA ISABEL
MARTIN LOPEZ

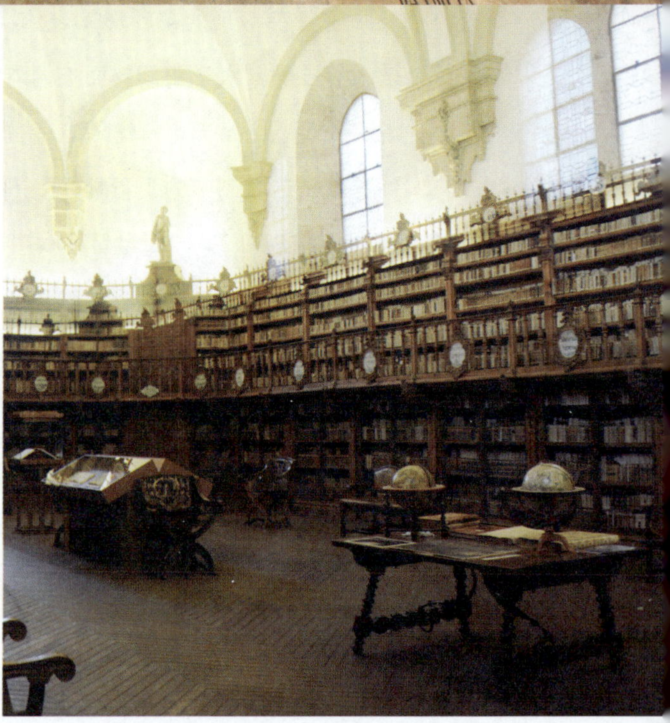

的惩罚。"

"不，你从中国那么远的地方来，一定要进来看一看！"萨尔瓦多坚持着。

不知他们又说了些什么，终于可以放行了，经过大门的时候，萨尔瓦多又来了一句："这个小伙子，是中国来的。"

那个看门人冷冷地扫了我一眼，将眼神飘向了别处。

萨拉曼卡大学里隐藏着名副其实的珍宝，比如诗人和哲学家弗莱·路易斯·德莱昂曾执教过的教室。那间教室似乎仍保持着1577年那一天他讲课时的模样，他在宗教审判官的监狱里度过漫长岁月之后，用那句著名的话跟学生打招呼："正像我不久前所说的那样……"从而巧妙地避开了他所遭受的迫害这一话题。教室里的两列长凳全部很简单地由剖成四方形的木柱构成，朴实无华，却有着异常吸引人的魅力。

一个教授模样的中年女士急匆匆地从这里经过，萨尔瓦多叫住了她："你知道吗？这个小伙子，是中国来的。"

女教授淡淡一笑，转身离去了。

我终于忍不住了："萨尔瓦多，我有一个请求，没必要总向你的朋友介绍我。"

"可是你来自遥远的中国，他们都是好人，只不过今天，他们都太忙了……"

"总之，还是不要再说了。"我打断了他。

萨尔瓦多的嘴唇动了动，欲言又止，他轻轻叹了口气，不再说话。

第二天，我们相约在马约尔广场，萨尔瓦多的手里拎着一个鼓鼓囊囊的袋子，看起来很沉的样子。马约尔广场是西班牙最华丽、最大的广场之一，被称为"满载阳光和空气的心脏"。它是整座城市的神经中枢，萨拉曼卡所有的主要街道与交通干线都汇聚于此。我们找了广场附近一家安静的餐厅，很轻松地聊着，吃过饭，喝着咖啡，是分别的时候了。

萨尔瓦多从袋子里掏出一样东西，放在了桌子上，原来是一本集邮册，打开第一页，竟然是中国的邮票，接着往后翻，内心刹那间有些暗涌了，厚厚的一本邮票竟然全是来自中国！小时候我也曾经集邮，那一张张邮票看起来真是无比亲切，怎么能料到，再次看到这些邮票，是在离家万里之遥的一位老人手里。

萨尔瓦多的脸上庄严而动情："在上世纪60年代，我在萨拉曼卡遇到一位中国人，那是我第一次见到中国人。从他那里，我了解了你们的国家，你们的历史和文化，从此便深深地爱上了中国。我的朋友回国后，我们一直保持通信，后来我才知道，那时候从中国寄信到西班牙，对我的朋友来说，是一笔昂贵的费用和不小的负担，我为他的真诚所感动，所以，就将这些邮票收集了起来。"

"你们现在还在通信吗？"

"不，他已经不在人世了。"萨尔瓦多声音低沉，黯然神伤。"后来，我通过其他的渠道，继续收集中国的邮票，我虽然去不了中国，但是看着这一张张邮票，就好像在中国神游了一番。"

"欢迎你来中国，到时我给你当导游，我们北京也是独一无二的城市啊！"

萨尔瓦多平静地摇了摇头。

如果说，一个中国小城的老人去一次欧洲是一个梦想，反过来也一样，对于萨尔瓦多来说，中国太遥远了。

"给我你的地址，回到中国，我给你寄邮票。"

"不，不要专门寄邮票，只要通信就好，盖着邮戳的邮票，才更有意义。"

萨尔瓦多随手将他的地址，写在了一张餐巾纸上。

"萨尔瓦多，谢谢你，我想，我看到那只幸运青蛙了！"

正午的阳光透过玻璃窗，老人的银发闪闪发光，他笑得像个孩子。

离开萨拉曼卡，我去了朝圣之路的终点圣地亚哥·德孔波斯特拉，在大教堂一侧的古堡酒店里，我突然找不到那张写有地址的纸巾了。我手足无措，不停地埋怨自己，我将行李翻了个底儿朝天，因为我知道，我代表的，已经不仅仅是自己了。

突然间灵光一现，依稀记得进入酒店大堂时，从包里翻出一张纸巾擦汗。于是我飞快地奔出房门。这家古堡酒店，早在1499年，就作为皇家医院接待朝圣者，酒店保留了该建筑众多的原有风貌，整个酒店如古老的王宫般奢华而庄严。我奔过楼道中厚厚的地毯，奔过那些古典的油画，奔过迷宫般的拱廊与石拱门，奔过古老的石台阶儿，终于奔到大堂。酒店门童是一位优雅的老人，他惊诧地看见一个疯子慌慌张张地跑下来，竟然又开始翻垃圾桶，然后那个人，翻出一张纸巾来，就那样疯疯癫癫地笑了起来。

CHAPTER 12
CANADA

加拿大

卡尔加里·美丽的草原我的家

> 如果你不爱听
> 那是因为　歌中没有你的渴望
> 而我们总是要一唱再唱
> 想着草原千里闪着金光
>
> 席慕容·《出塞曲》

5月，加拿大艾伯塔卡尔加里广袤的草原，依然是春天。在六伐牧场（Rafter Six），我度过了几天难忘的牛仔生活。曾经以为，那些豪情万丈的牛仔故事，只是电影里的传说，却原来，它们依然真实地存在于这个世界。

高高的落基山下，清亮的Kananaskis河从漫长冬日的蛰伏中苏醒过来，一路高歌奔向弓河。河水穿过高大的树木与无边的草原，蒲公英的黄色花朵蛮不讲理地铺满了绿色的地毯，几声马的嘶鸣，牛仔们骑着马奔向远方的牧场。夜，宁静而浩瀚的夜空，满是星星，落基山以它特有的石头山峰形成的曲线，始终沉默着，它俯视着这片生机勃勃的草原，一年又一年。

骑着马，在这样的山下，在这样的河边，在这样的草原上游荡，再孱弱的人，也会徒生豪情，再抑郁的人，也会心怀激荡。这里，是电影《断臂山》的外景地，但我却总是想起另外一部电影——布拉德·彼特主演的《燃情岁月》。当然，无论是欣赏哪一部电影，都不及你亲自来到草原。你会发现，那些咆哮着的声音，压抑在心底，总在深夜不断响起。

卡尔加里被称为"牛仔之都"。这里有壮丽的群山、景色秀丽的国家公园、碧波澄澈的湖泊、风情迷人的小镇，这里也是牛仔们千百年来的故土家园和精神之乡，更有以西部的探索精神为主题的牛仔界最盛大的狂欢——卡尔加里牛仔节。长达十天的牛仔节，拥有"世界上最精彩的户外表演"的美誉，每年的7月，整个卡尔加里都陷入狂欢的氛围中，来自世界各地的上百名职业牛仔将角逐上百万加元的奖金以及卡尔加里牛仔节的冠军称号。各种刺激的比赛更是令人瞠目结舌：鞍骑术、无鞍骑术、公牛骑术、骑马徒手摔牛和女子绕筒比赛，当然还有最受欢迎的篷车大赛。

在各种千奇百怪的牛仔竞技比赛中，无鞍野马赛无疑是最刺激的比赛项目。骑在没有马鞍的野马上，牛仔们只能靠单手抓住索具，在马上保持平衡不被摔下来。比赛的基准时间是8秒钟，如果没到8秒就被甩下马背，或是另一只手触碰到马背，就算零分；如果超过8秒，就根据每个人能在马背上坚持的时间长短和平衡感，综合起来打分。这真是一项超级勇敢者的运动，看到那个疯狂的场面，你会觉得，

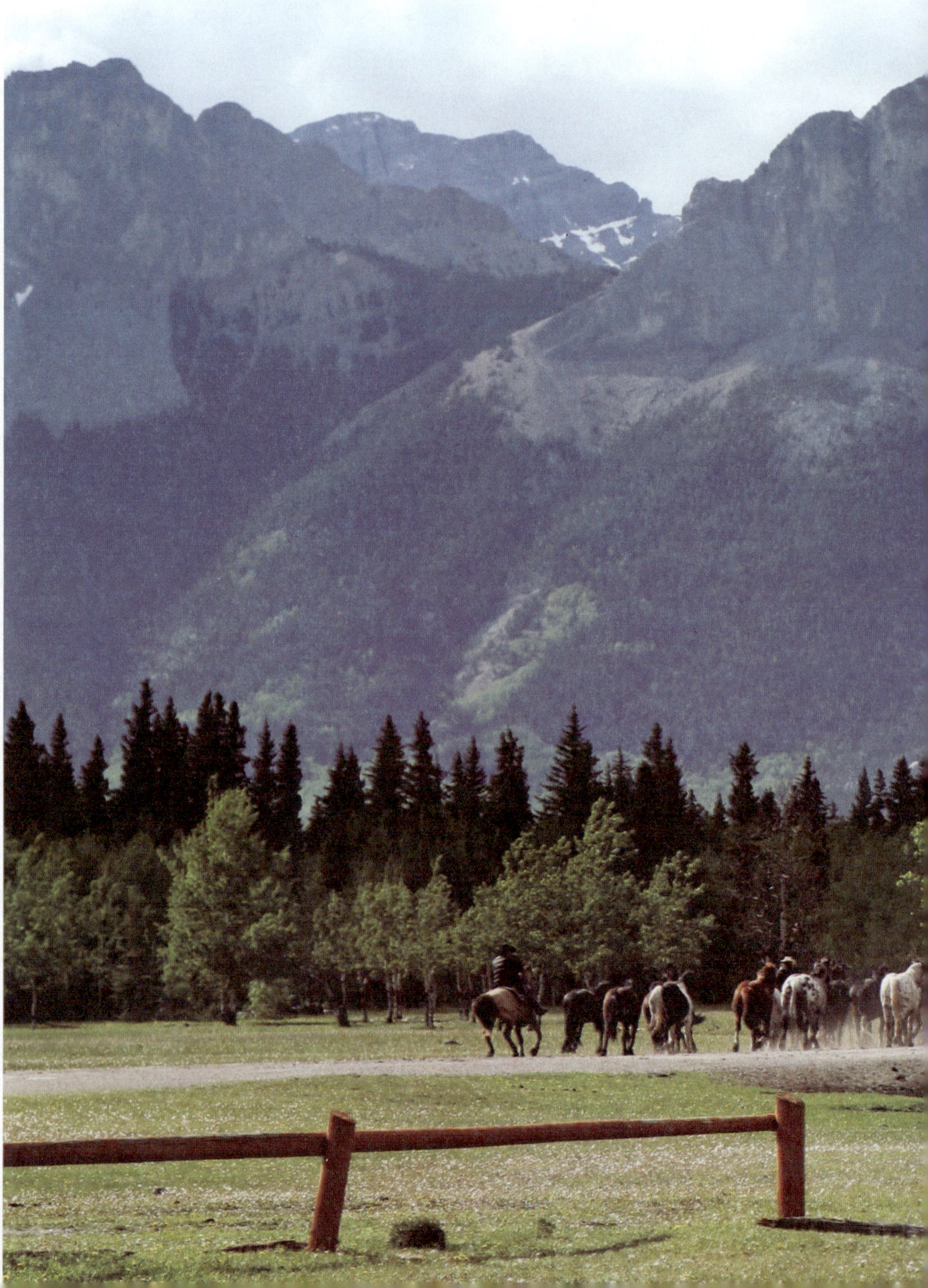

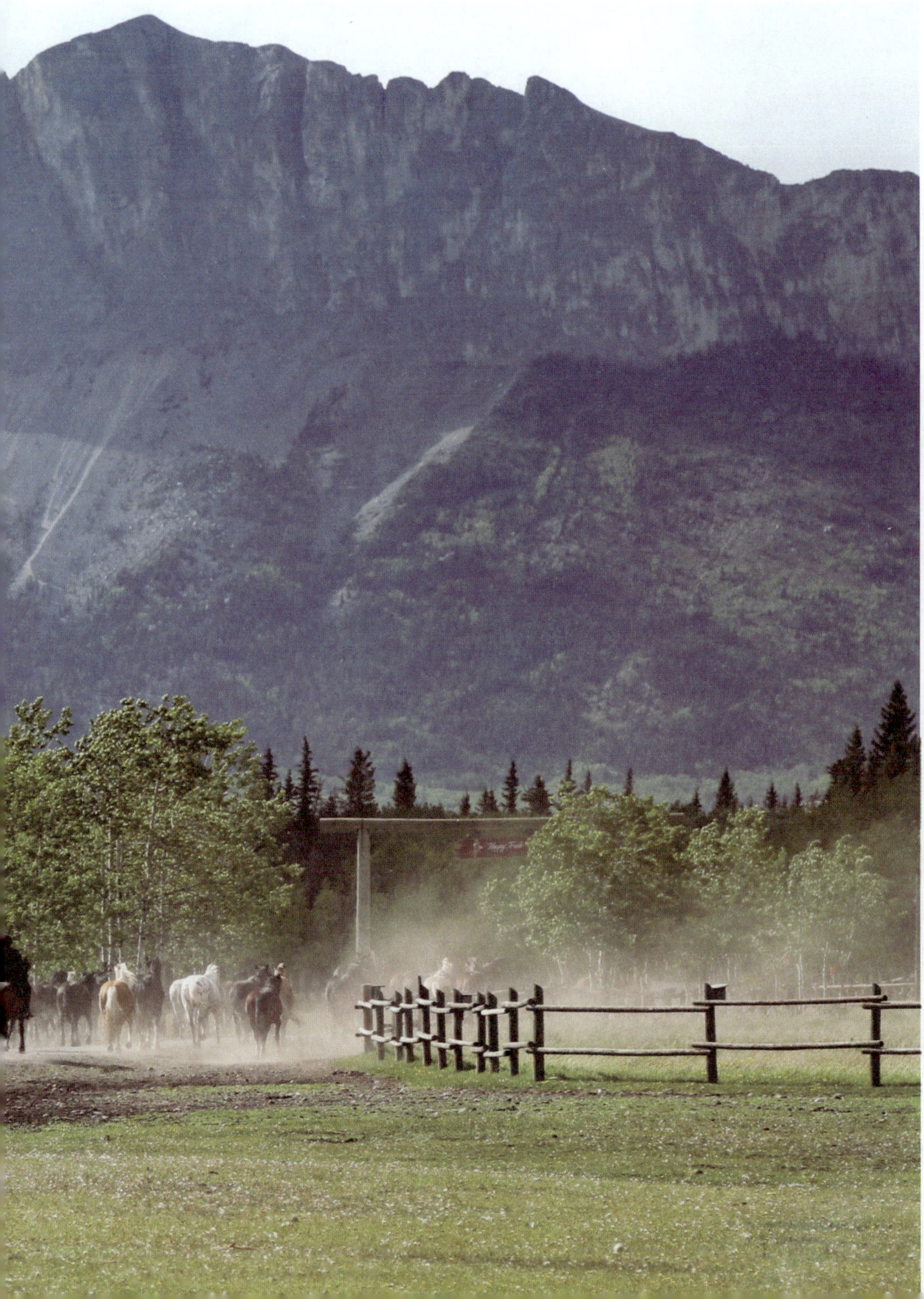

什么 F1 什么蹦极跳，统统都弱爆了。

草原，似乎总是与传奇有关。六伐牧场的主人斯坦，我不知道他年轻时，是否也是一位勇敢的骑士。但是，在一个阳光灿烂的午后，坐在牧场旅馆木屋粗犷的皮沙发上，听老人娓娓诉说，就好像翻开一幅波澜壮阔的画卷。

斯坦的祖上，竟然有中国血统！当年，他的祖先姓李，16 世纪做茶叶生意从中国迁徙到苏格兰，垄断了当地的茶叶生意，后代又从苏格兰移民到了加拿大。1976 年，斯坦驾着车路过落基山脚这片水草丰美的草原时，一见钟情，就此扎根，把整个牧场盘了下来。后来，当他北上寻找搭建旅店的木材时，无意中结识了如今的妻子格洛丽亚，一家人从此以六伐牧场为家，开始了真正的牧场主生活。

六伐牧场位于卡尔加里西南 80 公里处，距离印第安人自留地卡那那斯基（Kananaskis）很近。壮观的落基山下，野花簇拥着的木屋旅馆，粗犷却不失温情。墙壁上悬挂的鹿头、弓箭、油画带着印第安风情。椅背上的印第安人头像图案，是妻子格洛丽亚亲手编织的，画面栩栩如生。旅馆不远的地方，有一座用木头建造的乡村教堂，是卡尔加里最热门的结婚教堂。见过太多壮观华丽的教堂，落基山下的这座教堂，简洁淳朴，却深得我心。教堂简洁到没有任何画像与雕塑，这种极简，有一种返璞归真的味道，室外的光线洒进来，没有了那些高大教堂的压迫感，反而让人心里特别地放松。

黄昏时分，天空满是惊心动魄的彩霞，慢慢地，彩霞落下去，一轮皎洁的明月，从黢黑的落基山上徐徐升起。草原的夜，如此宁静，如此深邃，却又如此多情。练马场上，燃起了篝火，附近居住的印第安老艺人，一边讲述原住民的文化，一边演奏传统乐器。或是一张野牛皮做的大鼓，或是形如弓箭的笛子，乐曲听起来总有几分悲凉的味道，让人不禁想起他们苦难的历史。此时的草原，蒙上了一层淡淡的忧伤。

再多的忧伤，当太阳升起的时候，都转为昂扬的咏叹。更何况，这样一个明媚的早晨，传说中的牛仔公主，带着一身的露水与朝气，向我道早安。这位方圆百里无人不晓的牛仔公主，就是斯坦的大女儿Kateri。在牛仔的故乡，这个称号可不是随随便便就得来的，除了人要漂亮，还要精通各种马术。在2009年卡尔加里牛仔节的牛仔公主竞技中，Kateri勇夺冠军，那顶白色的华丽丽的冠军牛仔帽，每年只有一位女孩有资格戴上它。

我们骑着马，穿过草原，穿过森林，在Kananaskis河停下来野餐，一只白色的蝴蝶，竟然翩翩地停在了Kateri的手上。Kateri坐下的马骑，是她小时候父亲给她的礼物，与她有着深厚的感情。5月的落基山，依然白雪皑皑，Kateri以雪山为背景，从远处策马飞奔而来，那般的英姿飒爽，那般的流光溢彩，那种矫健而健康的美，满是大地与原野的气息。马真是一种很迷人的动物，不仅在于它具有高大俊美的仪表、优美迅捷的步伐、华贵高雅的气质，更在于它身上那种罕见微妙的魔力。人们在马术运动中浸染久了，举手投足间便透着由内而外的高贵气质。

每一天的早晨都有惊喜，这一天的早餐桌上突然来了一位不速之客。她五十岁左右，红色的脸蛋儿写满了草原的风吹日晒，她不说话，只是忧伤地看着我们丰富的早餐桌。她浑身上下的衣服，加起来有五十多个口袋，她的包里，放着各种利器，包括刀子、剪子、斧子等等。植物学家Julie，在我们吃罢早餐后，神情严肃地宣布："今天，

238

这匹马，

是她小时候家人送给她的礼物，

与她有着深厚的感情。

我们将去草原，去森林里找食儿吃，大家一定要严肃认真，否则，就没得饭吃！"

出发之前，Julie 拿出一个神秘的小红包，将它举向天空，嘴里喃喃自语着什么，那庄严的气氛很有感染力。原来包儿里面，装的是 Tobacco，这是印第安人的一种仪式，象征着对大自然的敬畏以及感恩。

向着苍茫的草原，我们进发了。Julie 不停地给我们讲解着脚下的每一种植物，那些看起来弱不禁风的小花小草，经她一讲，顿时趣味盎然。不过那些绕口的名字真是记不住，最关键的是，要弄清哪一种能吃，哪一种不能吃。遇到能吃的，不能用手拔，而是要用铲子铲起来，并且，将红色的包有 Tobacco 的小包放到坑里，以感谢上苍的恩赐。

Julie 绝对是个大忽悠，她将各种野草、野花放进嘴里，嚼得有滋有味一脸甜蜜。可是如果你相信了她，基本上会死得很惨。例如那些黄色的蒲公英花儿，那个味道，与她的表情，真的差了十里地。但是，习惯了仰视的我们啊，你俯下身去，才会发现世界有多么美好！

扛着一大袋野花野草回到旅馆，还好有当地的厨师前来一展身手。在那间充满牛仔风情的别墅里，我累得昏睡过去，醒来的时候，餐桌上已是琳琅满目、色彩缤纷，这些，真的是用我采回来的那些野草烹制的？那个大叶子草，茎被切成丁儿，熬成了浓浓的奶油汤；这一盘沙拉，有野草、水萝卜和干酪；那个香喷喷的大家伙，是野牛肉加野草汉堡；喝着亲手采的新鲜薄荷冲的茶，味道也清香得让我完全抛掉了对薄荷茶的成见，看来过去喝的茶包儿果然不地道！而最后上来的甜品，是芳香四溢的野莓派，那些野莓，也是之前在草原上采摘

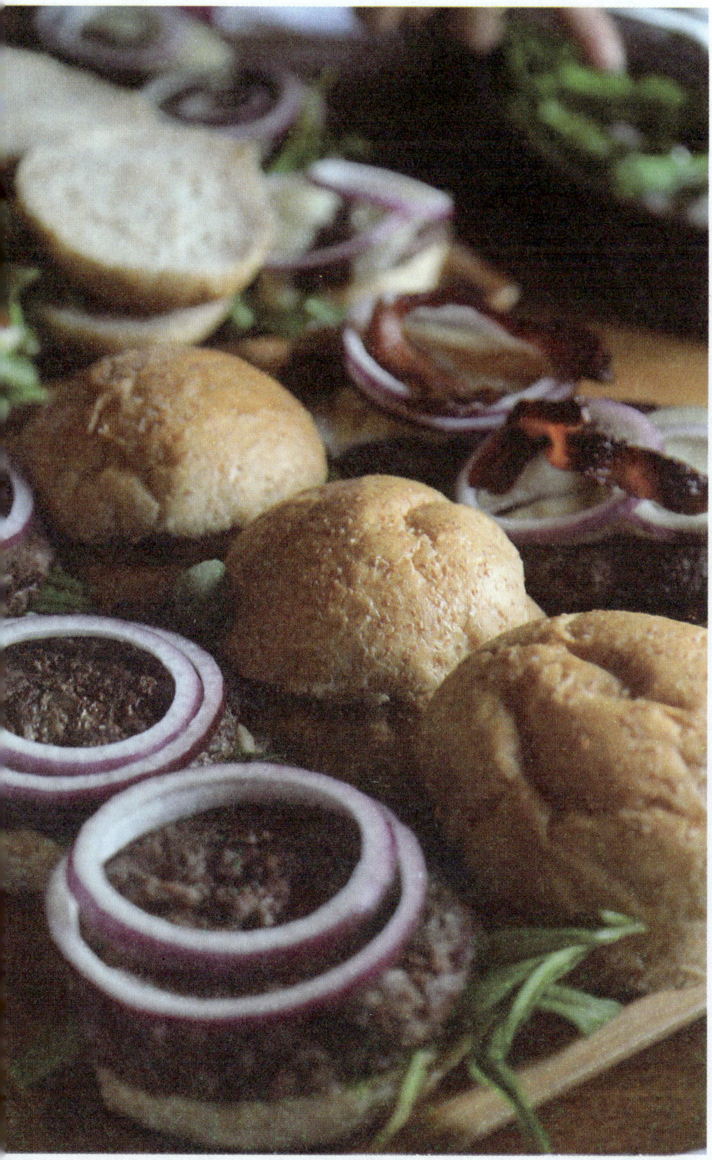

的。Julie不失时机地凑了过来，一脸的得意与挑衅，红脸蛋儿愈加鲜艳了，完全可以与桌上红红的野莓一比高低。好吧，姐，你赢了！

不要轻视大地，不要轻视草原，你的肤浅与成见，在这宽广而深厚的土地上，终将败下阵来。习惯踩着柏油马路的人，只有沾染上泥土的气息，才会真正静下来，心平气和。

每个人都有豪迈的一面，如果你没有发现，那是因为，你没有来过草原。

每个人都有深沉的一面，如果你没有发现，那还是因为，你没有来过草原。

CHAPTER 12　CANADA

托菲诺和爱德华王子岛·大海边的家

○ 白胡子老头

在加拿大西边,有一个太平洋上的小岛,叫作托菲诺;在加拿大东边,有一个大西洋上的小岛,叫作爱德华王子岛。两个岛相隔万里,于我而言,它们最大的共同点就是,在岛上,都有一位可爱的白胡子老头儿。

爱德华王子岛,位于加拿大东海岸的圣劳伦斯湾南部,也许是因为它低调,本不想为世人所知,但无疑,它的美是惊人的。

深邃的海湾和持续不断的潮汐,包围着形如新月的爱德华王子岛,岛上宁静的道路、麦浪起伏的农地、如诗如画的小渔村、白色墙面的教堂,以及高耸在海边岩石上的孤立的灯塔,让我悸动。而岛上的土地,皆是荒芜诡谲的暗红色,很少见过有一个小岛,全是如此橘红的颜色,甚至沙滩亦是红色,那片红色与大海的蓝色冲撞,当真是少见的景致。爱德华王子岛的灯塔,全部是白色的,在阳光与海水的映衬下,那样的白真是明艳,最要紧的是,灯塔所伫立的大地,是独有的红色!红与白的撞色,再加上蔚蓝的海水与天空,如同五颜六色的调色板。

"马修·卡思伯特和那匹栗色母马优哉游哉地慢慢走过八英里的路程,前往布赖特河。这是条风光宜人的路,路两旁是排列得整整齐

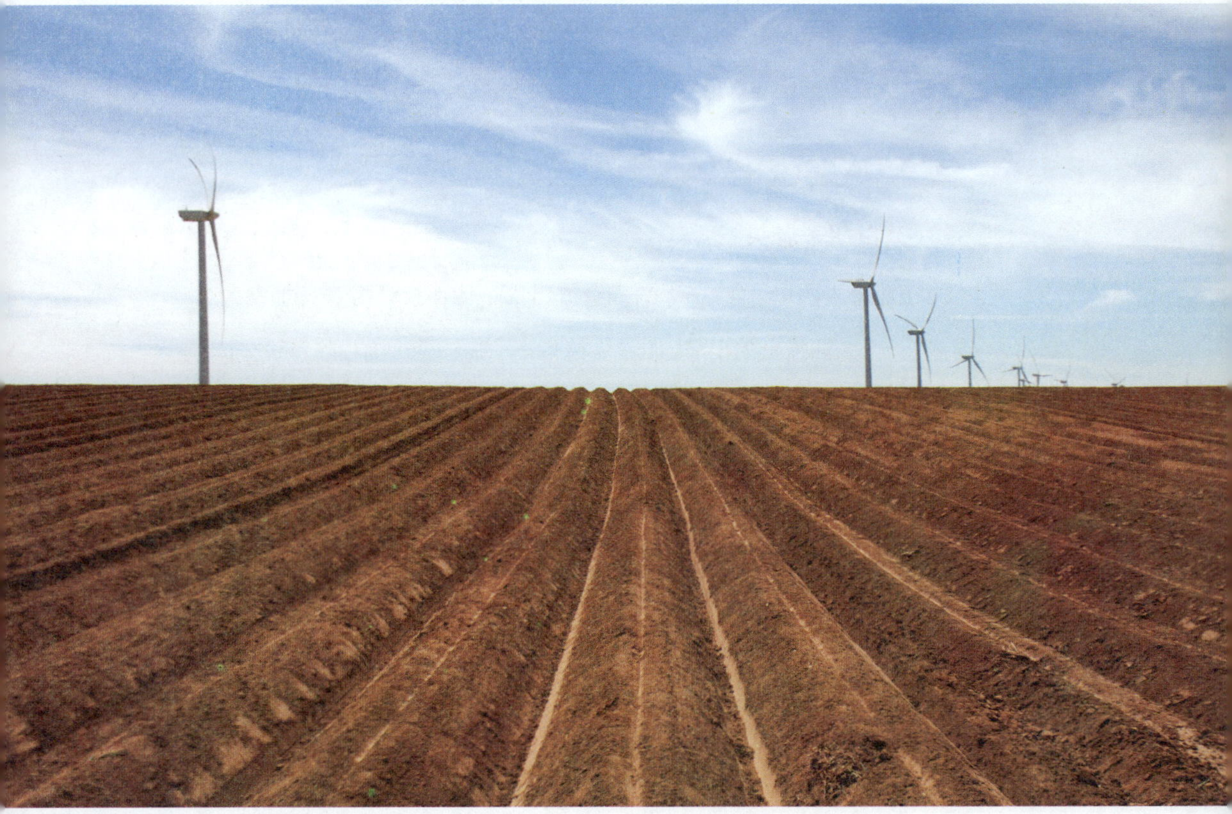

齐的农庄，不时有一小片胶枞树林从中穿过，要么就是一道山谷，那里野李树伸出它们蒙着薄雾的花枝。空气里弥漫着苹果园和草地的芳香气息。草地顺着斜坡，直伸向远方笼罩着蓝灰色和紫色雾霭的地平线，这时小鸟儿纵情歌唱，仿佛这是全年唯一美好的夏天时光。"这一段浪漫的描写，出自于加拿大女作家露西·莫德·蒙哥玛丽的小说《绿山墙的安妮》，这是一本让两位英国首相都为之着迷的美妙故事，一本让家长、老师和孩子都能从中获得感悟的心灵读物。书中讲述了纯真善良、热爱生活的女主人公小安妮，自幼失去父母，在朋友和老师的关爱中没被生活的困难打败的感人故事。该书问世至今被翻译成50多种文字，持续发行5000多万册，是一本世界公认的文学经典。作者本人生活的地方及小说中的场景，便是爱德华王子岛，因此，每年都有许多来自各国的游客来爱德华王子岛探访安妮的足迹。

在爱德华王子岛，还有一件重要的事情一定要体验，那就是品尝加拿大龙虾。加拿大龙虾生长在大西洋沿岸冰冷纯净的原生态水域中，味道特别鲜美，特别是那两只大螯，肉多而且细嫩，还有淡淡的甜味儿。加拿大龙虾不仅超级美味，从健康的角度来讲，它所含的饱和脂肪酸、卡路里及胆固醇要比其他低脂肪食品更低，适合不同饮食方式的人食用。

我真是非常幸运，不仅品尝到了美味的加拿大龙虾，还遇到一位幽默可爱的老船长，并与他一起出海捕龙虾。"阳光沙滩海浪仙人掌，还有一位老船长"。小学的时候就会唱这首歌，可是走了那么多地方，却从来没有遇见过老船长。老爷子那范儿，完全是童话中的人物，抛开那顶帅气的蓝色小帽儿不提，单是那一脸的白色胡子，就满足了我对老船长的全部想象！而且，老爷子的性格太可爱了，有股子放荡不

246

247

羁的劲儿，当我在惊涛骇浪中瑟瑟发抖时，他则在大风大浪中沧海一声笑，还时不时地哼两声渔歌。当然加拿大渔歌完全不是《渔光曲》的味道，我们的捕鱼是"一叶扁舟轻轻漫漫"，这个地儿可是"滔滔两岸潮"，所以他的渔歌，是那种美国乡村歌谣的味道。

最值得炫耀的是，我们不是去捕鱼，而是去捕加拿大龙虾。加拿大人捕捞龙虾的方式古老且传统，现在依然使用原生态的捕捞方式，捕线上只挂一个陷笼，而且每次起捕只拉起一个陷笼。船也不知道开出去多远，老爷子换上了防水的裤子，然后利用轮滑，开始一笼一笼地拉起来，还真是笼不走空，每一个笼子里，都有几只活蹦乱跳的红彤彤的加拿大龙虾。我真是喜欢这种古老而浪漫的捕捞方式，充满一种收获的满足感。

加拿大龙虾捕捞船每天凌晨出发，将放好诱饵的带浮标的陷笼放到海中，第二天清晨再前往渔场，在导航仪的指引下，收起昨天放置的龙虾陷笼。这个陷笼可真是古老而民间的智慧，木制的陷笼可以让龙虾轻易地进来却绝不会再逃出去。而且每一只捕捞船上都有测量器，测量龙虾的长度，不足规定尺寸的龙虾都必须立即放回海中。我就亲眼看见老爷子将几只小尺寸的龙虾，毫不犹豫地扔回大海。

最爽的就是，把刚刚捕上来的龙虾当场烹调，第一时间品尝最新鲜的龙虾！在蔚蓝的大海上，吹着海风，听着老爷子的乡村音乐，品着美味的海鲜，幸福指数严重飙升。

问起老爷子的捕鱼经历，他突然严肃起来，望着远方苍茫的大海，只丢下一句话："我曾经远离大海，可是，是大海挽救了我的生命！"

网里除了龙虾，也会钻进来其他鱼类，

捕到一只奇形怪状的丑鱼，

老爷子乐开了花儿。

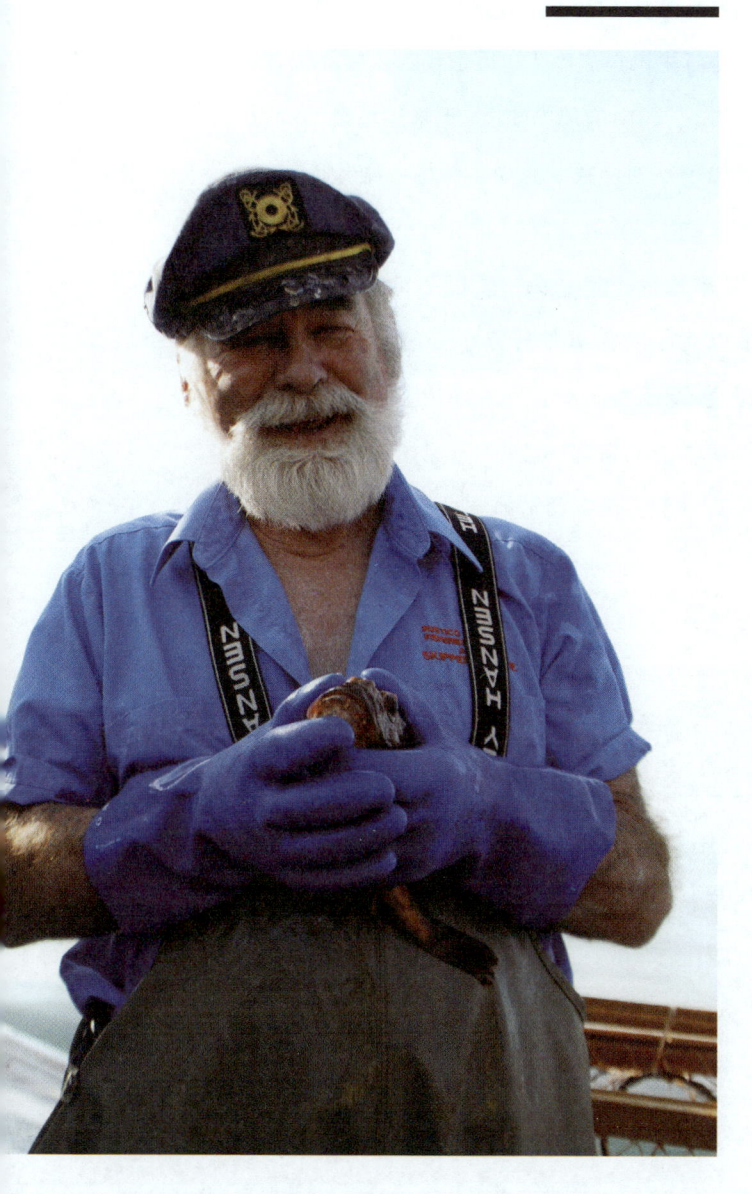

○ 另一个白胡子老头

两年以后，我来到了加拿大最西边的小岛托菲诺，岛上有一个郁郁葱葱的托菲诺植物园。在淅淅沥沥的小雨中，只听见海浪拍打岩石和风吹过树梢的声音。植物园有一种非常原生态的粗犷气息，花儿们自由散漫地开放着，有一种自生自灭之感，它不是我想象中的植物园，倒像是一个小小的原始森林。园中的那些雕像，也未经精雕细刻，而是一种憨态可掬的模样，似乎是随便找了几块木头信手雕刻而成，是一种达观的拙朴气息。园子的主人，究竟是何许人也？

一个白胡子老头儿，笑眯眯地走了过来，像极了肯德基大爷，最喜感的是，他手里抱着的宠物，竟然就是一只小公鸡。大爷名叫George，在美国波士顿做园艺设计二十多年，1988年，他来到托菲诺创建了这个植物园。这个植物园的宗旨，是致力于原始森林的保护和可行性发展，George一直认为，森林和土地有它们自己的智慧，不要做太多的人为干预。

漫步在雨中的森林，听George讲述那些植物的方方面面，似乎可以听到那些大树与花儿的呼吸与私语。园中，一处独特的景致吸引了我，几根木头，一丛鲜花，在芳草萋萋的映衬中，中间的那块大圆石，很像是一座坟墓。George一直轻松的表情，变得非常凝重："我心爱的小男孩，是一只Griffin狗，前几天刚刚去世，附近的孩子们为了纪念他，特意装点成这样。"我仔细看过去，一根立着的木头仿佛是墓碑，上面还套着狗的项圈。George无言地带着我们走到海边，低沉地说："前几日，岛对面的一只狼趁着退潮时游了过来，我的小家伙与它殊死搏斗，终于把狼赶走了，可是，他也献出了自己的生命。"海风吹得似乎更猛烈了，我不知道该说些什么："所以，你应该

251

不会走了，会一直待在这里，对吗？"George脸上浮现出一丝诡异而顽皮的笑容："正好，我带你看一样东西！"

　　森林小径的前方，在大树的笼罩下，有一辆五彩斑斓的废旧汽车，不知它在这里停了多久，已经变成了植物们的乐园。藤类和蕨类植物的枝蔓，从车窗外爬进来，钻过方向盘，在车内蔓延，甚至连仪表器上，都长出许多花花草草。也许，很多很多年以后，这辆汽车，终将被植物们"吃掉"。George似乎看穿了我的心思："我去世之后，就葬在这里，终而化为泥土。"一股彪悍、豁达、浩瀚的从容气度，让我在那一瞬，呆在那里，除了讪讪一笑，别无他言。

　　群山一片沉寂，树梢微风敛迹，林中百鸟缄默，稍待你也安息。

　　达观、爽朗、从容、智慧。两个白胡子老头儿让我明白，不必畏惧年华老去。天空中没有翅膀的痕迹，但，我已飞过。

253

PAGE
254

PART THREE

记忆像铁轨一样长

THE MEMORY

CHAPTER 13　　那些沉默的墓地　　256

CHAPTER 14　　旅途中的火车　　268

CHAPTER 13
THE MEMORY

那些沉默的墓地

活着的时候一定要快乐，因为我们要死很久很久。

——广告大师 奥格威

小时候，我家住在山脚下，山上有几个土堆坟，坟周围的酸枣树一到夏末秋初，便结出红红脆脆的大酸枣。山上常有蛇出没，母亲于是便吓唬我，讲了许多关于坟地的鬼故事。可是我终究敌不过酸枣的诱惑，还是壮着胆子去了。可是一有风吹草动，即使是青天白日，我依然被吓出一身冷汗来。

暂且不谈死亡，即使是墓地，东西方的观念也大相径庭。欧洲的风俗和我们不同，他们的墓园总是离住宅很近，仿佛故去的人一直还在身边，从未走远。

渐渐地，我愈来愈喜欢在墓园漫步，那种独特的宁静之感，仿佛隔着时空也可以对话。在欧洲，如果你只有一个选择，不妨去维也纳郊区的中央陵园,这是欧洲最大的陵园,面积相当于一个行政街区。维也纳不仅是音乐之都,它的墓园文化也非常辉煌灿烂。在维也纳市区,茜茜公主长眠的皇家陵园,非常的考究,极尽奢华之能事。而郊区的中央陵园,则因长眠着很多伟大的音乐家而闻名。

中央陵园32A的中央区域,长眠着世界上最伟大的三位音乐家,中间的是奥地利国宝级人物莫扎特,左边是贝多芬,右边则是舒伯特。莫扎特的墓碑,中段雕刻着他的头像,大师昂首侧目,依然那么意气风发,仿佛是在皇宫大舞台上,指挥着几百人的大乐队演奏《费加罗的婚礼》;贝多芬的墓碑上既无雕饰也无墓志铭,只有"贝多芬1770—1827"几个再简单不过的字母,却明明白白地告诉你,那墓碑下面的精神底蕴是多么生动而恢弘;舒伯特的《小夜曲》是我一直很偏爱的曲目,舒伯特去世后有出版商发现了这些曲目,认为是舒伯特去世前半年所写的,当属绝笔,于是将它们汇编成集。因为天鹅将死时会唱出哀婉绝美的歌曲,因此将这14首曲目命名为《天鹅之歌》。于是在舒伯特的墓碑上雕刻有天鹅。看着淅淅沥沥的雨中那些优雅的天鹅,我脑海中响起了这首《小夜曲》。

诗人雪莱的墓志铭写道:"他并没有消失什么,不过感受了一次海水的变幻,成了富丽珍奇的瑰宝。"将这句话同样送给这些伟大的音乐家们吧,斯人虽已远去,其成就却如珍宝般永存。

林立的墓碑,静穆的雕塑,安详的祭烛与花束,一座古典音乐的殿堂。相比起中央陵园其他奢华的墓碑,音乐家们的墓碑显得相当简朴,是的,他们的音乐在世间永存,又何必在墓碑上极尽繁华。

在苏格兰高地,常常会在空旷的山谷间,建有阵亡将士的纪念碑

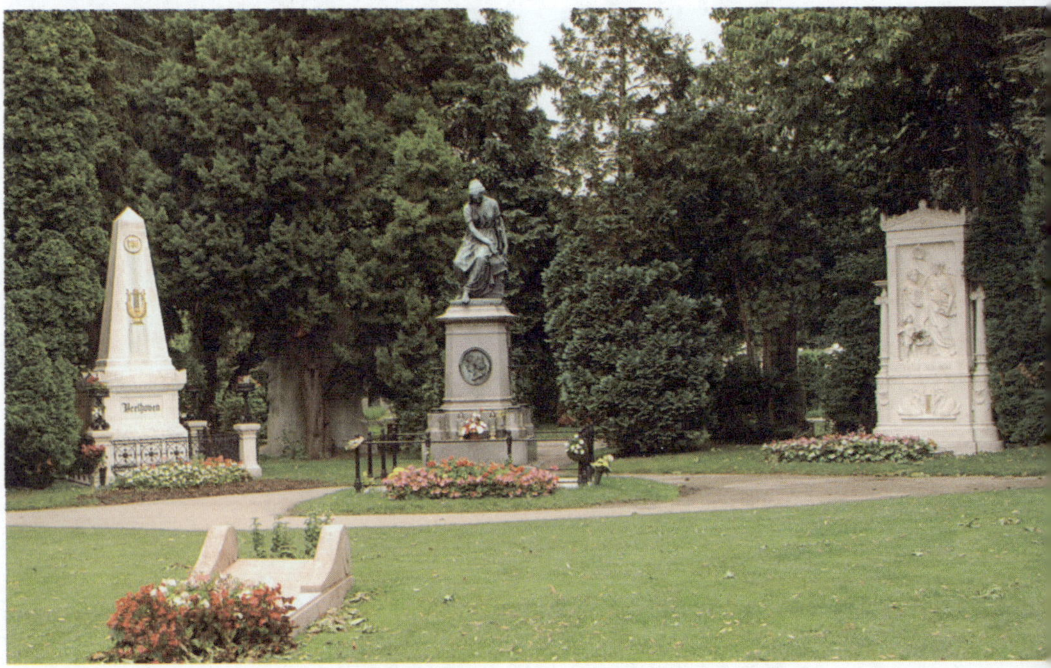
Beethoven

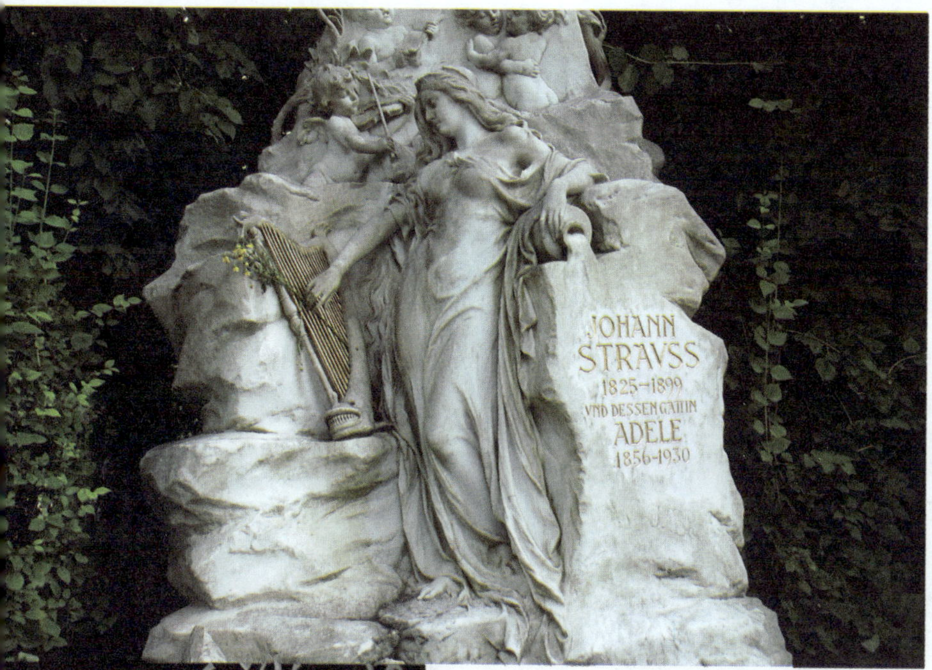
JOHANN
STRAVSS
1825–1899
VND DESSEN GATTIN
ADELE
1856-1930

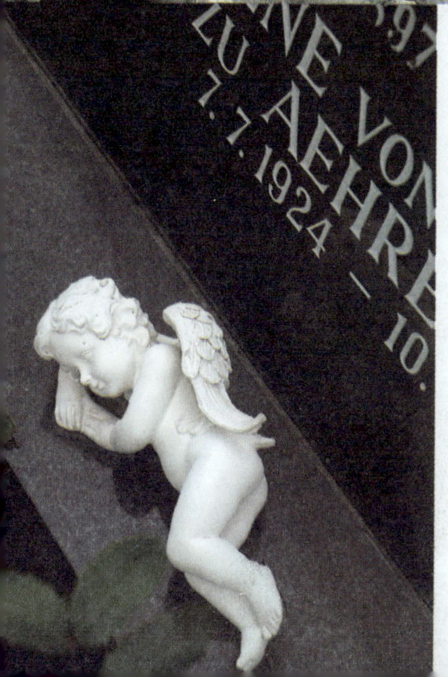

与墓园。苏格兰的山地与丘陵，那些景象常常魔幻得不讲道理，雨雾中的苍茫，阴云下的萧瑟，黄昏时分的金光大作，车在山地奔驰，每一个拐弯都出其不意，苏格兰的美是猝不及防的。而那些山谷间的墓园有一种凄美而惆怅的气息，会让人自然想起那首《Danny Boy》。这首爱尔兰民谣，原是一个世纪前，一位爱尔兰父亲写给即将从军的儿子，告诉他说，当你下次回来的时候，我大概已经躺在坟里，就像整个夏天的过去，花朵的凋零，就像你现在要走，也不能挽留。李敖先生把它翻译成中文《墓中人语》，是我见过的最美的译本：

> 哦，Danny Boy,
> 当风笛呼唤，幽谷成排，当夏日已尽，玫瑰难怀。
> 你，你天涯远引，而我，我在此长埋。
> 当草原尽夏，当雪地全白。
> 任晴空万里，任四处阴霾。
> 哦，Danny Boy,
> 我如此爱你，等你徘徊
> ……

几日后，我返回苏格兰首府爱丁堡，初冬的雨中，一位穿着苏格兰方格裙的老人吹奏着风笛，传来的曲子，正是这首《Danny Boy》。那是在 Greyfriars 教会和墓地——爱丁堡的高处，远处的城市轮廓线清朗而动人，在淅淅沥沥的冬雨中，城市的上空形成一层淡淡的薄雾，曲子在薄雾中若隐若现，看着那些静默的墓园，颇有几分感怀。

261

与墓地一街之隔，有一个忠狗巴比（Greyfriars Bobby）的雕像。巴比是一只灰毛苏格兰猎犬，主人葬于Greyfriars墓地。巴比在主人去世后的14年里，终日守在主人的墓地不肯离去，一直到它死去。它的忠诚感动了整个爱丁堡。按当时的规定，动物不允许葬于墓园内，因此它被葬在墓园的对面。2005年，导演约翰·亨德森据此故事拍摄了电影《忠狗巴比传》。凄风苦雨中，巴比依然像是在等待主人的归来。生与死的距离，对于一条狗来说，它无法参透，它只相信，他会回来。它卧在那里，十多年透彻成一种风景。

同样是阵亡将士纪念碑与墓园，到了领土广袤的美国，便呈现出一种浩浩荡荡的壮观气象。在很多美国电影中，都可以看到那种无际的铺陈到天边的白色的墓碑，以及在其中身着全素的哀悼者。那种景象，让人觉得，死亡也是一件浪漫的事情。在《拯救大兵瑞恩》里，瑞恩战后来到一望无边的白色十字架的墓地，把勋章放在为救自己而牺牲的战友墓前，动情不已。这里，就是阿灵顿国家公墓。

阿灵顿国家公墓和林肯纪念堂只有一河之隔，以大桥相连，跨过波多马克河到达西岸，便属于弗吉尼亚州。阿灵顿国家公墓已经有149年的历史，在美国经历了8场战争后，有近30万人被埋葬在这里。这里是美国的一个荣誉归葬地，只有死于疆场的普通士兵才有权安息于此，其他哪怕官阶高至总统也没有资格。唯一的例外是约翰·肯尼迪，因为他是在自己的岗位上被刺杀，大家就同意把他看作是一个战死的士兵，他的弟弟罗伯特·肯尼迪，也是以同样的情况入葬在旁。

似乎每一次去往墓园，老天总是默契地下起雨来，这一天依旧是

263

阴霾笼罩。当我抵达阿灵顿国家公墓时，细雨更是飘洒了下来。我曾想象着那一望无际的白色墓碑，假如在阳光下每一座都投出侧影，该是何等的一种景象，可这样的雨天，又何尝不是一种默契。

肯尼迪总统兄弟的墓地，出乎意料的简单。墓前四块藕色花岗岩拼成一个圆形石坛，中间埋着一把无烟火炬，燃着柔和沉静的火光，永恒的火焰，长明不灭。在墓碑东侧有一段弧形矮墙，上面刻着他生前演讲中的一句名言："我的美国同胞们，不要问你们的国家能够为你做些什么，而要问你可以为国家做些什么。"

由于在两次世界大战、朝鲜战争和越南战争中阵亡和失踪的士兵很多，美国国会和总统分别授权建立"无名烈士墓"来纪念那些无法核实身份的士兵。在美国军人心中，无名烈士墓是最神圣的地方，有专门的仪仗队24小时守卫，美国陆军第三步兵团在此执行轮换哨岗的任务。他们身着深蓝色戎装，戴黑色军用墨镜，夏季每半小时换一次岗，冬季每一小时换一次岗。

雨，数十万的墓碑，红灿灿的枫树，这里静得能听见沙沙的雨声，视线之中，常常只有我一人。直到听到一阵歌声，从不远处飘来：

where have all the flowers gone, long time passing.

where have all the flowers gone, long time ago.

where have all the flowers gone.

young girls have picked them everyone

oh when will they ever learn

...

265

> 花儿都到哪去了？女孩子们摘走了。
>
> 女孩都到哪去了？男孩子们娶走了。
>
> 男孩都到哪去了？变成士兵打仗了。
>
> 士兵都到哪去了？全部埋进坟墓了。
>
> 坟墓都到哪去了？都被花儿覆盖了。

唱歌的，是一位头发花白的老妇人，雨中，她没有撑伞，捧着一束洁白的百合。她佝偻着后背，但是站得非常坚定，歌声平静而悠远，似乎听不到悲伤。她转过身来看到我，微微一笑："这样安静地睡着多好，因为再也没有疼痛。"

小雨中，我前往华盛顿的林肯纪念堂，纪念堂对面的方尖碑是华盛顿纪念碑，电影《阿甘正传》中，阿甘和珍妮淌着水尽情拥抱的场景，就是在这里。方尖碑两侧，分别是朝鲜战争纪念碑和越战纪念碑。朝鲜战争纪念碑看似简单：一堵黑色的石墙，上面有代表在朝鲜战争中死去的美国各种军人形象。石墙旁边，是19位美军士兵塑像，与映在黑色石墙上的19个影子寓意38线。他们荷枪负重，艰难地在草丛中搜索，这也许是活着的士兵，他们正进行着一场看不到胜利的战争，而在黑暗中，已有大批军士死去。我不知道在战争纪念碑的构思上，艺术家是否与政治领袖的想法相同，不过这已经不重要了。重要的是一座战争纪念碑的建成，能够引起各国民众的思念和共鸣，引发后代对已经消失但在史册上永远存在的战争的思考。无论你对这场战争如何认识，然而良知在纪念碑前不容许虚伪。在朝战中死亡的士兵有一百多万，无辜平民三百多万，是一个触目惊心的数字，刻骨铭心的灾难摧毁了无数温馨的家庭。

在黑色的墓碑墙前,一封装裱得很精美的信,吸引了我的注意,照片上的军人英姿勃勃,生命却永远停留在花季。这是一封他的弟弟纪念故去兄长的信,谈到了他对兄长的无尽思念。第二段这样写道:我有4个孩子和很棒的妻子,但令我难过的是,他们与你永远无缘相见,而我的4个孩子,都以你这个叔叔为荣。我的生活非常美好,但我常常想,如果你还在,那又是一番怎样的景象……我仿佛看到一个年近6旬的老人,他有着银发与一双布满皱纹的手,摩挲着这张纸,写下这些字句,像某个电影的话外音,在我耳边轻轻诵读。

那一刻,我的脸颊湿润了,此刻的华盛顿虽是阴天,雨,却早已经停了。是的,战争也许有对错,对亲人的思念,却永远没有错!

宁静的、美丽的墓园,给人以直面生死的勇气。生如夏花之灿烂,死如秋叶之静美,墓园文化已成为一种沉默的艺术,让永别变成了生命的一道风景。

CHAPTER 14
THE MEMORY

旅途中的火车

你一定不知道，火车，对于黄土高原上的孩子，对于四面都是山的城市，意味着什么。《记忆像铁轨一样长》是余光中先生的散文中我最喜欢的一篇。读这篇散文的时候，还是在初二无聊的语文课上，学校离火车站不远，依稀有火车的汽笛声呼啸而过，那时候，觉得远方的世界是那样遥不可及。

你一定不知道，当那声长长的汽笛在午夜把我从梦中惊醒时，在冰冷的长夜，它是多么令人惆怅，多么令人心碎，多么令人发疯。常有的梦境是，兴冲冲地踏上远去的列车，最后，车开了，我孤零零地站在月台上。

蒋雯丽主演的电影《立春》中有这样一句台词："每次听到别人要离开这个城市，我都要疯了一样。"影片中无数次地出现火车，靛蓝色的夜影中的火车；一架高桥上曲线优美的火车；荒山中粗犷雄浑的火车。它的汽笛，它的铁轨，它的月台，那么冰凉，又那么温暖。

火车，关乎远方，关乎未知，关乎流浪，关乎记忆，关乎故乡，还关乎梦想。

在欧洲旅行，有各种各样的交通工具，飞机、火车、轮船、汽车或是自行车，而我更迷恋乘着火车旅行。铁轨、月台、鸣笛、窗外的风景、未知而友好的乘客、铿锵而有节奏的声音、拖着行李的疲惫与颠沛流离，一切的一切，都是如此的"在路上"，如此的"浪迹天涯"。我极其沉迷于这样的状态。

○ 意大利，奇遇的火车

记忆中最梦幻的火车之旅，是在意大利的五渔村。在亚平宁半岛的西海岸，火车顺着海边的悬崖攀援，经过一个漆黑的山洞，倏然间豁然开朗，五彩的房子就在头顶上，而铁轨一侧是一望无垠的碧海蓝天，帆船点点。几秒钟后又是一个山洞，然后再钻出来，又是灿烂的晴空。车厢内，每一个人都很兴奋，"长龙"每钻出一次，众人就是一阵惊呼。车窗外的美景，过于魔幻，就那样猝不及防地撞进你的眼球。

Cinque Terre，我们称之为五渔村，利古里亚海边的五个村庄，在海与山之间，连接成一条梦幻般的线，它不仅是世界遗产，更是意大利最迷人的景观之一。五彩斑斓的房子，蔚蓝无垠的大海，雄奇陡峭的悬崖，狂野而茂密的橄榄林、葡萄园与仙人掌，真的是风光绝伦。

那个黄昏，上帝打翻了调色板，将那么壮观而梦幻的金色铺在了海面上。来到Vernazza小村时，已经是傍晚7点了，欧洲的夏天常常到了10点才完全黑，此时正是光线最迷人的时分，我就坐在Marconi广场对面海水中的岩石上，看着那些色彩缤纷的房子，看着那些在海水中嬉戏的人们，看悬崖上的跳水少年那么从容地一跃而下，看着那与我一样静坐的人们，看着那么多的美丽，在愈来愈浓

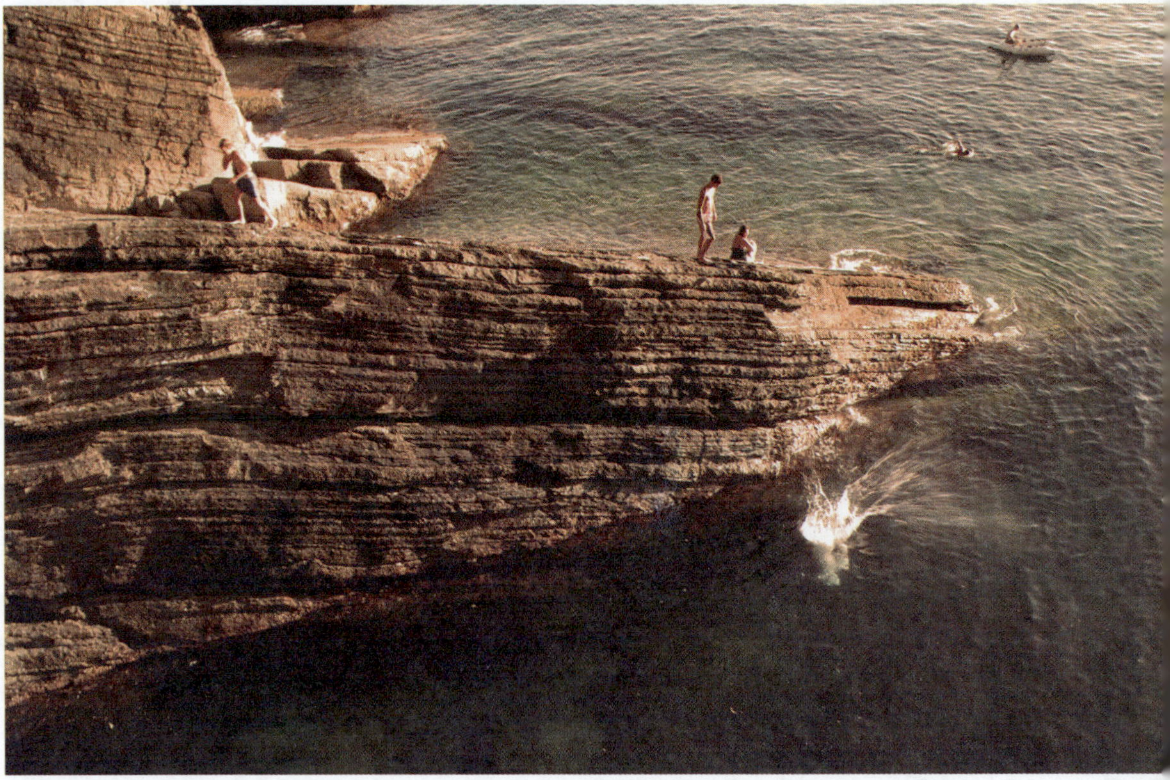

的光线中,变得更美丽。我将疼痛的脚泡在凉凉的海水中,就这样坐了两个小时,一点也不闷,仿佛欣赏了一场流光溢彩的电影。

最奇遇的一次火车之旅,亦是在意大利。从佛罗伦萨前往西西里岛,14个小时的旅程。可怕的,不仅是时间上的折磨,更有途经那不勒斯的恐怖传说——黑手党。听说江洋大盗常在火车上抢劫、偷盗,我悬着小心脏进了卧铺包厢,结果同包厢的人是警察,我那叫一个庆幸。警察同学有着意大利人典型的滔滔不绝,还喜欢中国的咏春拳,尽管如此,他仍是警告我,途经那不勒斯——黑手党的大本营时,最好锁好包厢门,轻易不要走出去!

很意外的,那晚我睡得跟死猪一般,醒来时,火车已经魔术般地被拆分,驶进了开往西西里岛的大渡轮。睡眼惺忪地登上船甲板,那一瞬间,眼前的场景,完全是吕克·贝松的《碧海蓝天》。昨夜太黑了,于是,西西里岛的海,愈发明亮得、灿烂得、美丽得惊心动魄。这里的海,即使没有大风大浪,依然有种狂野的气息,许是因为海岸不是细沙,而是黄得要燃烧的礁石与戈壁,还有树一样高、肆意生长的仙人掌。石头有多黄,大海就有多蓝,眼前的景色太美好了,再想想昨夜的那些担心,真是有些滑稽与不真实。

在意大利西西里岛坐火车,总是想起余光中先生的另一篇名作《风吹西班牙》。首先是"干":"风景总是干得能敲出声来,整个安达卢西亚都成了太阳的俘虏,一草一木都逃不过那猛瞳的监视。不胜酷热,田里枯黄的草堆纷纷在自焚,噼叭有声。"然后是"荒":"典型的西班牙野景上面总是透蓝的天,下面总是炫黄的地,那鲜明的对照,天造地设,是一切摄影家的梦境。中间是一条寂寞的界限,天也下不来,地也上不去,只供迷幻的目光徘徊。"西西里岛,与西班牙南

272

部极其相似，又干又荒，八月的大太阳猛烈地射下来，连荒原上的仙人掌也无精打采。所以，有时候，火车门干脆就不关，任那不太清凉的风吹进来，多少也是一个安慰。很奇怪，欧洲人到了西西里岛这般炎热的地方，依然少用空调与电扇，终于明白玛莲娜在《西西里的美丽传说》中为何总是香汗淋漓了！

意大利的火车，灿烂而明媚，却总有一些搅局的暗黑系，它是佳人脸上的美人痣，因为不完美，所以更显魅力。

○ 东欧，怀旧的火车

在东欧乘坐的火车，虽然没有西欧那样快速、发达、现代，但是，东欧那特有的怀旧气息，让我的火车之旅，仿佛走进时光隧道。

从德国慕尼黑前往捷克布拉格的火车上，我感受到了欧洲火车的人性化设计。即使是硬座，也是6人一组的包厢，椅子的靠背上有凸出的部分，可以枕在上面舒服地睡觉。我没有辜负设计师的好心，于是晕乎乎地睡着了。当我睁开眼时，窗外的景物已经不是德国巴伐利亚的尖顶房屋，而是大片大片的捷克式红屋顶。一场豪雨在窗外瓢泼而下，绿的原野、红的房子、尖顶的小教堂、雨中奔跑的少年，一闪而过。对面的两个英国女孩膜拜般地穿着波西米亚长裙，戴着夸张的叮叮当当的大耳环，捷克的雨似乎也带着波西米亚的风情，她们不再嘻嘻哈哈，望着窗外的雨，眼神中迷雾般地镀上了一层卡夫卡的忧郁。

捷克，果然东欧得很不一样，它没有意大利那么浓烈，没有德国那么呆板，没有北欧那么平淡。这就是捷克，它像第二眼美女，慢慢细品，它的惊人之处，就一点点浮出水面，没错，就是那种波西米亚的味道。我曾经认为"波西米亚"四个字，矫情得厉害。但是，当我真正身处波西米亚的老家捷克这个放荡不羁、以歌舞为生的民族时，我被它的艺术，它的细节之美，它的创造力，它骨子里的舒坦，它爱谁谁的自以为是迷住了，最要命的是，它就那么随意地找到了一种自在舒服的生活状态。

布拉格，不是昆德拉的，而是卡夫卡的，卡夫卡简直无处不在，橱窗里、道路上、书店里、咖啡馆、博物馆，卡夫卡就飘浮在布拉格的空气中。可是，卡夫卡的忧郁，却不属于这座城市。波西米亚的老家，那是何等逍遥自在，心灵自由而奔放，那种千百年骨子里的烙印，卡夫卡影响不了，他的忧郁，只属于那个特定的年代。当我行走在布拉格那波西米亚式的石子路上，沐浴在黄灿灿的夕阳中，那种心中的默契、愉悦与感动，会在心中不停地欢呼：布拉格，我的城！

匈牙利，布达佩斯，一座仿佛生活在回忆中的城市，华丽，颓废，大气，破败，在这座城市里行走，我仿佛总能听到一声叹息，那是一个巨人忆往昔峥嵘岁月的惆怅。这个城市，有太多华丽的建筑，让你对它的历史与荣光肃然起敬。

布达佩斯的渔夫棱堡，是欣赏多瑙河的最佳场所。渔夫棱堡，是1905年建造的新哥特式拱廊，它位于布达的城堡山上，在迷人的阳光里，米色的城堡充满着童话的氛围。其实没有那么蓝的多瑙河，在午后的阳光中，却闪耀着迷人的光波。感谢餐厅的那些乐手们，他们善解人意地演奏起了《蓝色多瑙河》，在音乐声中，脚下那条闪耀的河，更显得妖娆而多情。一座城，一条美丽的河，对我从来都是致命

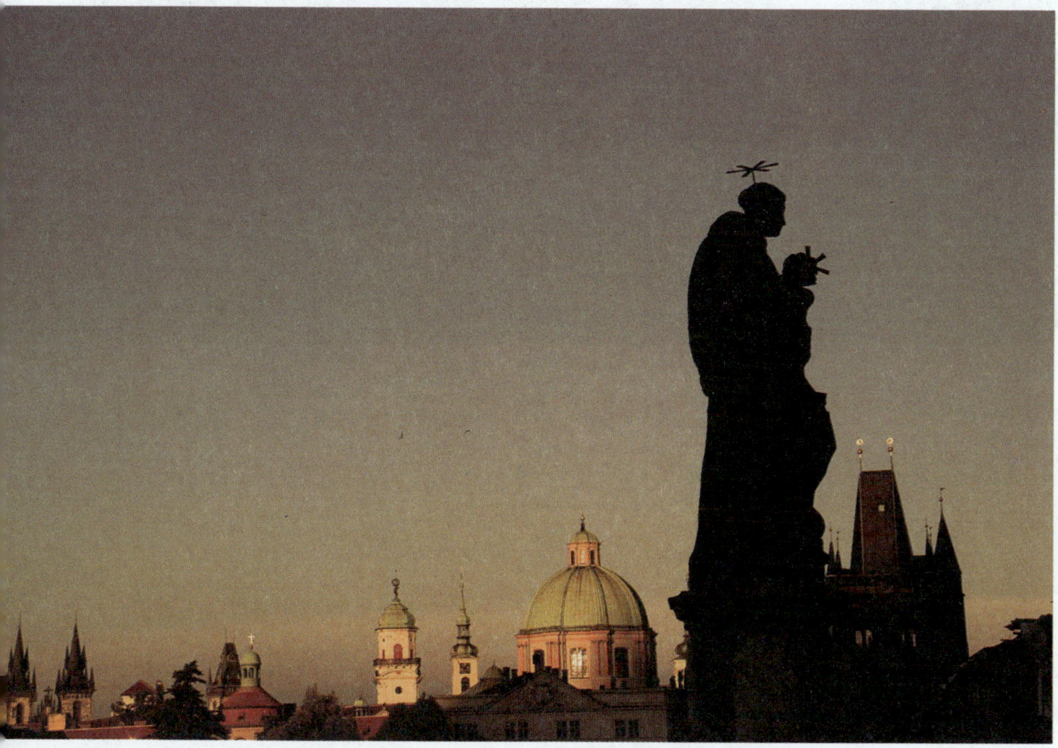

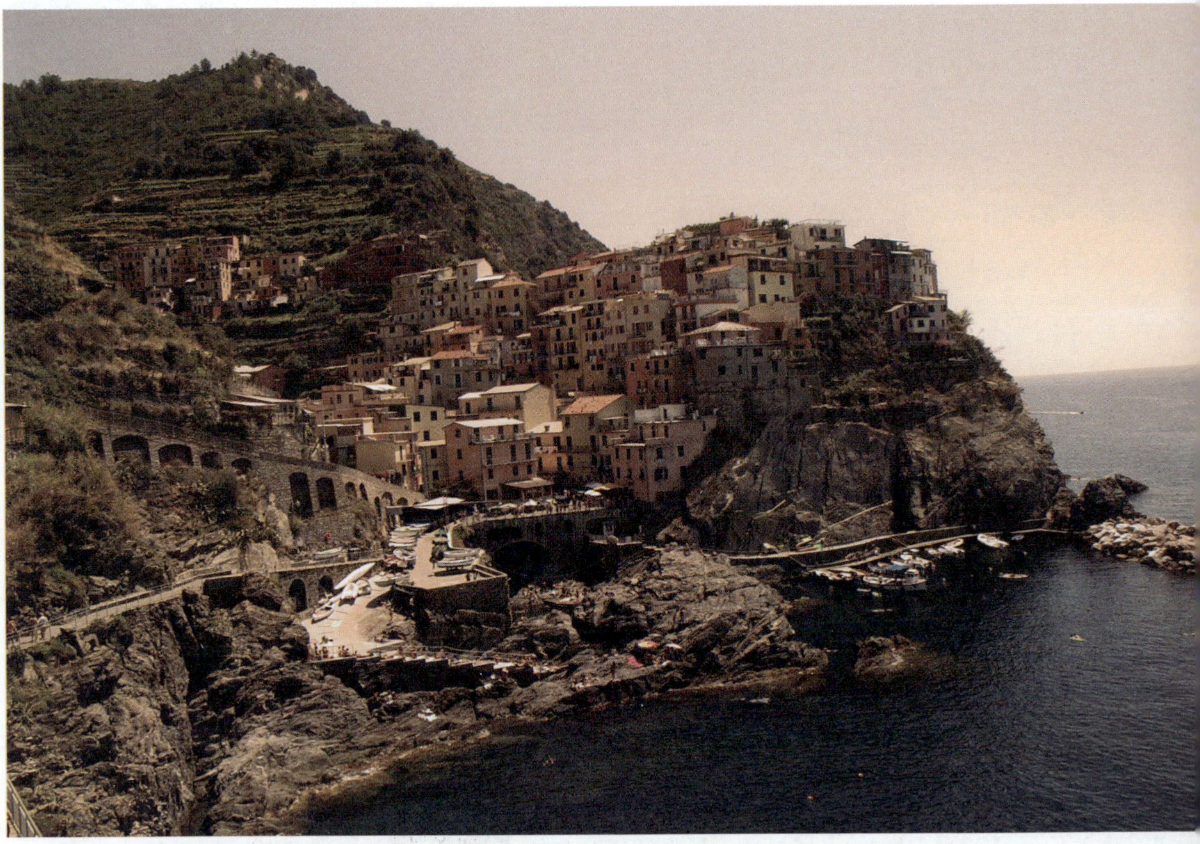

诱惑，这样的景观总能唤起我心头最柔软的那部分。河，在午后的光影中，平和而温暖，慵懒而亲切，透过这条河，你仿佛能看透这座城市的芸芸众生。

匈牙利国家歌剧院坐落在多瑙河东岸佩斯城区，始建于1875年，落成于1884年，是一座可与维也纳歌剧院媲美的新文艺复兴式音乐殿堂，在1980年大修之后更是光彩亮丽。过去，匈牙利人想欣赏新剧和知名演员的演出，必须坐4个多钟头的火车到维也纳去才能如愿以偿，非常劳累，因此人们希望自己的城市也有高水平演出的气派场所。奥匈帝国皇帝弗兰茨·约瑟夫一世顺应民心，慷慨解囊，终于人们心想事成，皆大欢喜。特别需要说明的是，这位弗兰茨·约瑟夫一世就是众所周知的茜茜公主的丈夫。当时的国王经常来这里看演出，坐在国王御用的包厢中。而当国王不在，茜茜公主单独来的时候，是没有资格进入国王包厢的。舞台左侧突出的包厢，就是茜茜公主的专坐，这个位置绝对是醉翁之意不在酒，从这里看到的都是演出人员的后脑勺，却可以让台下所有的观众瞻仰到她的绝世风采。

布达佩斯火车站，更是出乎我意料的精美绝伦，简直像一座宫殿般华丽。我去的时候正是黄昏，阳光透过那些石柱的拱廊，透过铁与玻璃的顶棚，透过拱形的窗户，那么的金光灿灿。一个女孩子正在等火车，阳光洒在她金色的头发上，恬静、忧伤、梦幻，一如这个城市。

东欧的慢火车与人文氛围，特别容易让人缅怀过往的时光，列车在前行着，时光在前行着，而我的思绪，却总是朝着相反的方向。泰戈尔曾经说过："旅人必须敲遍异乡所有的大门，才能找到自己的归宿，一个人只有走尽外面的世界，才能抵达内在的圣殿。"

我知道，火车的最后一站，最终停下的地方，就是我的家。

MooNbooks
地球旅馆 | Inn Earth 05

出 品 人　惠西平
总 策 划　宋亚萍

策划出品　沐文文化 | MooNbooks　沐文微博：http://weibo.com/moonbooks
　　　　　饕书客 | TayBook　　　　饕书客微博：http://weibo.com/u/2301720422
　　　　　　　　　饕书客

策 划 人　张进步　程园园
出版统筹　关　宁　王　倩
责任编辑　韩　琳　王　凌
视觉监制　马仕睿
装帧设计　typo_d

图书在版编目（ＣＩＰ）数据

我从遥远的地方来看你 / 风同学著. -- 西安：陕西人民出版社, 2013
ISBN 978-7-224-10914-6

Ⅰ．①我… Ⅱ．①风… Ⅲ．①游记—作品集—中国—当代 Ⅳ．①I267.4

中国版本图书馆 CIP 数据核字 (2013) 第 255609 号

我从遥远的地方来看你

作　　者：风同学
出　品　人：惠西平
总　策　划：宋亚萍
策　划　人：张进步　程园园
出版统筹：关　宁　王　倩
责任编辑：韩　琳　王　凌
装帧设计：typo_d

出版发行：陕西出版传媒集团　陕西人民出版社
网　　址：www.sxrmbook.com
发行电话：029-87205173
地　　址：西安北大街147号　邮编：710003
印　　刷：陕西金和印务有限公司
开　　本：787mm×1092mm　16开　17.5印张
字　　数：180千字
版　　次：2014年03月第1版　2014年03月第1次印刷
书　　号：ISBN 978-7-224-10914-6
定　　价：45.00元